Floradas na Serra

Romance

© 2021 Editora Instante
© 2021 Titular dos direitos autorais de Dinah Silveira de Queiroz

Direção Editorial: **Silvio Testa**

Coordenação Editorial: **Fabiana Medina**
Revisão: **Laila Guilherme** e **Carla Fortino**
Capa: **Fabiana Yoshikawa**
Ilustrações: **Joice Trujillo**
Diagramação: **Estúdio Dito e Feito**

1ª Edição: 2021

Dados Internacionais de Catalogação na Publicação (CIP)
(Laura Emília da Silva Siqueira CRB 8/8127)

Queiroz, Dinah Silveira de.
  Floradas na Serra / Dinah Silveira de Queiroz. 1ª ed. —
São Paulo: Editora Instante: 2021.
  Primeiro romance da autora, foi adaptado para
o cinema em 1954 e para a TV brasileira como
telerromance em 1981 e minissérie em 1991.

  ISBN 978-65-87342-05-4

  1. Literatura brasileira 2. Literatura brasileira: romance
  I. Queiroz, Dinah Silveira de.

CDU 821.134.3(81)   CDD 869.3

Índices para catálogo sistemático:
1. Literatura brasileira
2. Literatura brasileira: romance
    869.3

Texto fixado conforme o Acordo Ortográfico da
Língua Portuguesa de 1990, em vigor no Brasil a partir de 2009.

www.editorainstante.com.br
facebook.com/editorainstante
instagram.com/editorainstante

Floradas na Serra é uma publicação da Editora Instante.

Este livro foi composto com as fontes Arnhem e Monroe
e impresso sobre papel Pólen Soft 80g/m² em Edições Loyola.

instante

Floradas na Serra

Romance

Dinah Silveira de Queiroz

Um desabrochar em floradas

Mesmo que surgido despretensiosamente e escrito por uma jovem ainda na casa dos vinte anos, este livro é um marco na história da literatura produzida por mulheres no Brasil.

Floradas na Serra é o romance de estreia de uma autora que nasceu há mais de um século. Ao publicá-lo em 1939, muito provavelmente a jovem Dinah sonhava com o sucesso, como todo escritor estreante. E tinha com que alimentar esses sonhos, pois vinha de uma família que valorizava os livros e a leitura e contava com o incentivo do pai e do marido — situação que não era das mais frequentes na época. Mas a jovem romancista que mal desabrochava, por mais sonhadora que fosse, talvez não pudesse imaginar que um dia ganharia o mais significativo reconhecimento da literatura brasileira para o conjunto da obra, o Prêmio Machado de Assis, da Academia Brasileira de Letras, em 1954, tendo sido inclusive a primeira mulher a recebê-lo. E, com certeza, não vislumbrava outro pioneirismo: depois disso, seria a segunda mulher a entrar para essa mesma ABL, em 1981. Nessa constelação de êxitos, este seu romance de estreia, *Floradas na Serra*, viraria filme, estrelado pela magnífica Cacilda Becker, ganharia prêmio da Academia Paulista e seria publicado em outros países. Outro romance, premiadíssimo, *A muralha*, serviria de base para uma novela televisiva de sucesso. E *Os invasores* viraria enredo de escola de samba.[*]

---

[*] No Carnaval carioca de 1969, a Unidos do Uraiti, agremiação já extinta, se inspirou em *Os invasores* para a elaboração de seu desfile.

Tudo isso ainda estava no longínquo horizonte do futuro quando este livro saiu. O presente estava na história que ele conta, um tempo fielmente retratado no livro, como o leitor atento verificará. Uma época em que uma doença como a tuberculose continuava a ser o que tinha sido pelos séculos afora — quase uma condenação à morte, numa sociedade ainda sem antibióticos, em que se buscava tratamento precário isolando o doente em sanatórios num clima mais frio e seco (condição que também servira de quadro para *A montanha mágica*, de Thomas Mann, um clássico da literatura universal). E também uma época anterior aos anticoncepcionais e à revolução sexual por eles trazida, detalhe que o leitor de hoje não pode ignorar, tanto para bem entender a aparente ingenuidade da mocinha como para perceber a crueldade social que a autora retrata — de leve, mas à espreita, sempre pronta a se exercer sobre a mulher que pretendesse viver o amor com liberdade ou sobre a moça que rompesse os códigos de conduta com uma gravidez indesejada.

Em sua vida, segura de si no casamento, a autora nem por isso deixava de estar atenta a outros destinos e os evoca neste livro marcado por certo lirismo juvenil, mas profundamente impregnado de uma sensibilidade especial para a solidão. Talvez nascida de lembranças da infância e da adolescência da própria Dinah, que ficou órfã de mãe aos três anos — e dessa recôndita memória vem a cena da despedida materna à distância, quando a mãe, temerosa de contagiar a filha, pede que retirem a fita do cabelo da personagem e lhe tragam para beijá-la. Nesse sentido, há um depoimento tocante da irmã caçula de Dinah, a também escritora Helena Silveira:

> Creio que esse fantasma da mãe morta logo que eu nasci foi resolvido por mim na infância, escrevendo-a em minha cabeça. Em Dinah, ela dormiu longos anos, e minha irmã a construiu em pedaços de criaturas de ficção quando fez seu primeiro romance: *Floradas na Serra*, todo habitado de

tísica, hemoptises com o pólen das flores de Campos de Jordão coincidindo com pulmões sangrando.

A própria Dinah, no discurso de posse na ABL, revelou que, ao escrever uma das cenas deste livro, foi interrompida pela pergunta de sua tia-avó que entrara no quarto e, ao vê--la chorando, quis saber o motivo. Ao que a escritora respondeu, "com o rosto banhado em lágrimas", que era por causa da cena que acabara de escrever — e não vou trazer aqui um *spoiler*, especificando qual foi. Mas menciono o fato para sublinhar quanto a memória biográfica se fez presente na feitura deste *Floradas na Serra* e no tipo de sensibilidade que ele carrega, como parte daquilo que, nas palavras da autora, consiste em integrar a "espécie que traz consigo a mansa loucura de acreditar nos seres que brotam da nossa cabeça, como sangue de nossa alma".

Indo além de eventuais reflexos autobiográficos e de aspectos conjunturais da geração em que Dinah Silveira de Queiroz desabrochava ao estrear em nossa literatura, permito-me chamar a atenção para um aspecto que aprecio muito em sua obra. Trata-se de algo hoje já tão assimilado e incorporado a nossas letras que passa despercebido: a contribuição para uma linguagem narrativa brasileira. Gosto da linguagem coloquial e oralizante que começava a chegar à nossa literatura naquele momento, com Jorge Amado, Erico Verissimo, Graciliano Ramos, Rachel de Queiroz e alguns outros. No caso de Dinah, uma linguagem urbana, sem marcas regionalistas, à vontade no coloquial quando necessário, sem impostações castiças e heranças lusitanas diretas na construção das frases ou na obediência a exigências formais exageradas. Desde o Modernismo de 1922, essa busca era consciente e defendida pelas vanguardas — mas nem sempre conseguia escapar a bizarrices e estranhezas ou a registros meio artificiais de prosódia regional. A obra de Dinah Silveira de Queiroz ajudou a consolidar e fixar essa linguagem brasileira de contar as coisas de um modo fluente e nosso. Com tal naturalidade, mantém intacto seu frescor e nem chama a atenção do leitor para esse fato. Só isso já é um grande feito, se comparado a tantos outros textos seus contemporâneos. Seus diálogos nos fazem ouvir uma conversa entre pessoas comuns, sem preciosismos de pronomes oblíquos corretíssimos mas artificiais, exibição de sinônimos cintilantes ou de tempos verbais solenes. Por isso, nos aproximam e transportam para seu universo com tanta facilidade.

Vale a pena ainda destacar o olhar sensível da autora para a realidade que a cerca e incorpora ao romance. É uma visão atenta da natureza e das pessoas. Dá especial relevância aos imigrantes japoneses, tão presentes, chegando à região. Vê o automóvel solitário quando ele ainda está ao longe e acompanha sua aproximação. Observa as estações que deslizam pela janela do trem, a paisagem que vai mudando. Traz o frescor da cachoeira e sua tentação. Repara detalhadamente nas araucárias e nos pinheiros de todo tipo e os distingue das árvores frutíferas que caracterizam o local, cujos delicados matizes ressalta, das pétalas brancas das pereiras aos tons róseos de pessegueiros e macieiras. E é com esse olhar de respeito pelo real, de amorosa atenção, que delicadamente vai compondo seu cenário e nele situando seus personagens.

Talvez por isso tudo o encontro do leitor e da leitora com as palavras de Dinah Silveira de Queiroz, no desabrochar de sua carreira, ainda seja um momento agradável nestes dias do século XXI um tanto distantes de sua estreia, mas não tanto que se possa dizer que proporcionem um mergulho na eternidade de um clássico. Simplesmente, um instante vivo.

Ana Maria Machado, escritora, sexta ocupante da
Cadeira nº 1 da Academia Brasileira de Letras.
Presidiu a Academia em 2012 e 2013.

1

— Estamos no alto da Serra! — gritou alguém no pequeno vagão.

Alguns passageiros levantaram-se procurando entrever nas janelas opostas os vertiginosos despenhadeiros da Mantiqueira, meio encobertos pela névoa.

Elza, entretanto, olhava pela janela como uma cega. Que lhe importava aquele cenário? Acaso não estava caminhando para um desterro? Alguém mais iria com ela, dentro desse vagão, cumprir a mesma pena, irmão na mesma desgraça? Então, de repente, seus olhos, que a magreza aumentara, adquiriram estranha mobilidade. Iam de um passageiro a outro, procurando... Procuravam olhos fundos, ombros furando a roupa, um ar de cansaço, de tristeza. Procuraram inutilmente. No banco ao lado, um casal com três filhinhos. O marido tinha ido buscar a família em Pinda.* Conversavam animados, a mulher, faceira, contando episódios, como uma colegial que falasse das férias.

— Eu *tive* doente, e mamãe me deixou, foi ao cinema, viu, pai?

Ela dava explicações, um pouco constrangida, aborrecida com os mexericos das crianças, mas o marido ria um riso feliz, cheio de gosto, de posse novamente daquelas suas criaturas.

"Não, estes não são doentes", pensava Elza. "Nem aqueles dois rapazes, nem aquela japonesa ali perto da porta."

---

* "Pinda" é a forma reduzida de se referir a Pindamonhangaba, município da região do Vale do Paraíba, em São Paulo.

Os olhos corriam pelo vagão. A angústia tomava-lhe o peito. Zumbidos desagradáveis no ouvido. Queixou-se à mãe.

— É a altitude, minha filha. Agasalhe-se. Veja só como o tempo mudou.

Dona Matilde ajudou a filha a vestir o casaco, a enrolar a echarpe.

— Meu bem, que coisas extraordinárias fazem aqui os japoneses! Olhe lá embaixo.

Culturas exóticas retalhavam a Serra, subiam e se perdiam em lugares aparentemente inacessíveis. Sobre o verde sombrio que emergia da fumaça, a terra, recortada e nua, às vezes aparecia pronta para o plantio.

Elza viu os pinheiros. Tudo o mais, todas as árvores se juntavam e se perdiam na confusão; só a araucária aparecia e dominava a paisagem, ereta e perfeita.

Uma pequena parada. Crianças japonesas festejavam e acompanhavam uma jovem professora. Pareciam bonecas de loja, os japonesinhos corados, muito corados pelo frio. A professora sentou-se em frente de Elza. Agitava a mão pela janela, sorridente, cheia de graça e saúde.

Elza abriu devagar a bolsa, tirou o ruge, avivou as faces, os lábios. Oh, aquelas olheiras, nada a fazer com elas... Uma lágrima impertinente brilhou um instante por entre os cílios. Guardou logo o espelhinho.

— Não chore, meu bem — disse, aflita, dona Matilde.

— Por favor, mamãe, não fale comigo, é pior!

E, de repente, não se contendo mais, Elza começou a soluçar baixinho.

A professora voltou-se para dona Matilde com um olhar compassivo.

— Ela está com medo daqui, não é?

E logo, sem esperar resposta, dirigindo-se à jovem:

— Não faça isso, não se desespere. Olhe uma coisa. Tenho visto muitos em pior estado voltarem curados. Todos chegam assim, assustados, mas olhe... Ali está um sanatório!

Um pavilhão muito branco, alpendrado, aparecia ao longe.

— Outro. Aquele é só para moças.

Elza olhava nervosamente, cheia de uma curiosidade dolorida. Iguais, vidas iguais à dela... vidas condenadas.

Começou, com voz fraca, a pedir informações. Disseram-lhe em São Paulo que a vida nos sanatórios era muito triste, de uma disciplina terrível... Ficara receosa. Ia para uma pensão de moças, a pensão de dona Sofia, em Abernéssia.

— A senhora conhece?

— Ah, sim, fica um pouco retirada, mas acho que vai gostar.

— Ah! A senhora nem sabe como agradeço essas palavras à minha filha. Não imagina que luta para conseguir que ela viesse. Só quando desesperou de ficar boa em São Paulo é que pude trazê-la. Aliás, eu também não tinha energia. Separar-me dela assim doentinha!

Nova parada. Agora, semeadas aqui e ali, pequenas casas apareciam. Plantações de pereiras. Pessegueiros. Uma rua.

— Aqui é o Dispensário. É um posto para tratamento gratuito. Lá, estão vendo aquela casa com dois terraços? É uma república de rapazes doentes. Este pavilhão é o mercado. Estão chegando...

— Não desce? — perguntou Elza, que simpatizara com a moça.

— Não, vou para Capivari. Fique tranquila que há de melhorar logo. Adeus.

Dona Matilde ajudou, cuidadosa, a filha a descer do trem. A outra, debruçada à janela, ainda as viu quando tomavam um automóvel. Quase todos os dias fazia conhecimentos assim no trem. Teve uma piedade momentânea. "Mais uma..."

O carro rodou um instante junto da estação, tomou a rua, virou à esquerda e começou a subir. Pequenos bangalôs se sucediam, tranquilizadores. Aqui e ali, grupos em conversas. Moças e rapazes em trajes esportivos. Subiam sempre. A estrada, uma plantação de pereiras. O automóvel parou bruscamente. Elza olhou a casa. Era de madeira, caiada, mas confortável, com um grande terraço. Uma senhora e três moças em pé, junto da grade. Foram recebê-las. Ajudaram Elza a entrar, solícitas. A senhora, já na sala, dirigiu-se a dona Matilde:

— Bem, mais uma filhinha... Verá como eu tomo conta da sua menina!

Elza olhou prevenida para a dona da pensão. Era uma mulher alta, seca, arruivada, de olhos miúdos e pincenê. Quarenta anos, talvez mais.

— Aqui estão suas companheiras, quero apresentá-las.

A moça, caindo extenuada numa poltrona, ouviu:

— Esta é a Letícia. — (Seria doente? Impossível! Alta, fresca, simpática, uns olhos imensos e negros que devoram o rosto. Só olhos, risonhos e alegres.)

— Vai morar juntinho de mim. O meu quarto é aquele.

— Esta é Lucília. — (Alta também. Alourada. Uns olhos um pouco à flor da pele. Um ar de cansaço, os cabelos despenteados. Quadris estreitos. Um vestido estampado bonito e como que deslocado ali, naquela sala.)

— Aqui é um pouco melhor que o sanatório. Você é pequenina. Mas, Belinha, não se assuste, vê-se logo que você ainda é a caçula!

— Eu sou a Belinha — disse a última, risonha. (Um ar de colégio interno. Um vestidinho branco abotoado até o pescoço. Fraquinha, olhos dourados, redondos e admirados.)

— Você trouxe revista? Ah, não repare, é a nossa distração. Revistas... Temos um bom rádio também. Ouvimos muito bem o Rio e São Paulo o dia todo.

Dona Matilde, porém, se escusava com as moças:

— Ela está muito cansada e um pouco febril. Venha deitar-se, Elza.

As três ficaram paradas na soleira da porta, curiosas. Dona Sofia mostrava o quarto, todo rosa, com a mobília esmaltada da mesma cor.

— Onde está minha cama? — perguntou dona Matilde.

— A senhora já foi avisada de que não aceitamos acompanhantes. Não é por má vontade, mas pelo próprio bem das moças. Acostumam-se mais depressa. Há pouco tempo transigi com uma senhora do Rio. Ficou aqui por uns dias, atrapalhando tudo. Mingauzinhos para a filha a todo momento, e a menina recusando... "Ela vai morrer...", chorava, assustava a menina e as outras. Fui obrigada a mandar as duas embora.

— Compreendo — disse dona Matilde. — Mas terei que dormir em alguma parte... Ah, sim, já tomou o trabalho de reservar o quarto em outra pensão. Desculpem-me — disse com voz ligeiramente alterada. — Elza vai deitar-se, e tenho que arrumar as suas roupas.

Fechou a porta, ajudou a filha a deitar-se, cobriu-a, cheia de mil cuidados, afetando um ar despreocupado. Suas mãos, porém, estavam trêmulas. "Vou deixá-la, coitadinha, vou deixá-la quando mais precisa de mim", pensava. Mas e os outros dois? O marido e o filho em idade escolar? Ah! Essa doença traiçoeira, que fere, que leva sempre os melhores... Perdera um irmão já, levado por ela, mas Elza, a sua Elza, ficaria boa. Olhou-a profundamente nos olhos. Branca, na brancura dos travesseiros, com a mancha de ruge violenta sobre os lábios.

— Mamãe, quero pedir uma coisa...

— Já me pediu mil vezes. Eu já sei, fique tranquila. O Osvaldo não saberá. Não havia mal que ele soubesse. Se gosta realmente de você, por que ocultar?

Elza abanava a cabeça, nervosa e impaciente.

— Não se aflija. Ninguém, mesmo da família, sabe... Você está aqui, está fraca, anêmica, estudou demais, veio fazer um repouso... Até temos sorte — disse dona Matilde com certo amargor. — O Osvaldo ter ido para a Inglaterra pouco tempo antes...

— Mamãe, valerá a pena o sacrifício dessa separação? Quero viver, quero sarar, quero esperar Osvaldo curada, bonita... Mamãe, diga que sim... diga assim: "Elza vai ficar boa".

— Elza. Vai. Ficar. Boa.

Dona Matilde voltou-se para o armário, colocou um vestido no cabide, demoradamente, para que a filha não lhe visse o rosto. Uma fala débil e quebrada chegou a seus ouvidos.

— Que esquisito, mamãe. Parece o primeiro dia que passei interna no colégio.

Dona Matilde vinha do armário para a mala, da mala para o armário, arrumando tudo, calada. Elza viu o vestido azul de bolinhas passar na sua frente, elevado como se fosse uma bandeira, depois o verde, o marrom, o mais novo e mais bonito, o lilás, e pensava, lentamente, com umas ideias que vinham mais perto e depois sumiam: "Vestirei este? Vestirei aquele? Quando, quando? Onde?". Seus olhos demoraram-se um instante através da janela, ampla e rasgada, num grupo de pinheiros. Um, dois, três, quatro. A luz da tarde baixava. Sentiu uns arrepios. A hora da febre. Voltou-se para o lado, sentindo nas costas aquele arranhão, aquela presença. "Papai... Paulinho... Osvaldo, Osvaldo... quero você. Aqui bem perto." Tremia. O frio corria pelas pernas, pelo ventre e vinha pelo pescoço até junto das orelhas. Fragmentos de lembranças. "Osvaldo comigo em Santos, quando éramos pequenos. 'Elza, eu não tenho medo do mar... Vamos, a sua mão...' A água era tão fria..."

A febre subia. Tomava conta de Elza. Aquecia-lhe as recordações, que borbulhavam coloridas em sequências rápidas. Depois, tudo se foi confundindo. Dona Matilde, ajoelhada a um canto, diante de um pequeno móvel, arrumava os sapatos, arrumava...

Elza despertou assustada com duas estranhas a seu lado. Não, não eram estranhas. Aquela ali era a Letícia, e a outra, ah, sim, a Belinha.

— Vim avisar que o doutor Celso telefonou. Ele vem já aí — falou a mais velha.

— Vim recomendada pelo doutor Aires de Sá — disse Elza.

— Ah, o doutor Celso é mesmo o melhor daqui. Queria que você visse a inveja desses outros médicos. Porque, sendo tão moço, já tem uma fama enorme. Se você visse como eu vim para cá... E a Belinha, então! Aposto como vai começar já com os "pneus" com você.

— Você ainda não fez nenhum? — perguntou Belinha.

— Vocês querem dizer pneumotórax, não é? Dói muito?

— Não, é como a picada de qualquer injeção.

Elza perguntou pela mãe. Achava difícil, achava mesmo impossível, enfrentar o julgamento do médico sem ela. Mas Belinha explicou que dona Matilde tinha ido jantar:

— O jantar na pensão em que está é muito cedo.

Letícia ajudou-a a enfiar um penhoar azul-claro. Sentou-se na cama, trêmula, pediu um pente, ajeitou os cabelos. Belinha olhava-a curiosa.

— O seu penhoar é bonito. Que cor tão linda! Gosto muito de azul, mas adoro o rosa. Deixe-me ver seus vestidos. Quantos, quantos vestidos! Que linda esta cor... meio rosa, meio lilás... Que vestido maravilhoso!

Tirou-o do cabide, colocou-o diante de si, olhou-se ao espelho. Dava voltas, divertida, contente com a própria figura. Elza via aquilo com um sorriso desanimado, um pouco cansada daqueles exageros da menina; Letícia pareceu compreender:

— Você desculpe essa garota; é sempre assim. Já tem quinze anos, vai fazer dezesseis logo e é a meninazinha aqui de casa.

Belinha deixou de fazer as voltas e reverências diante do espelho, colocou cuidadosa o vestido no armário e, abrindo muito os olhos dourados, disse com certa pena:

— Desculpe. Mas fico como louca quando vejo essas coisas tão bonitas que todas usam. Eu só visto branco. Promessa de mamãe, que queria uma menina — riu de repente — e já tinha doze filhos! Mas mamãe queria muito uma filhinha e pediu a Nossa Senhora: "Se eu tiver uma menina, até os dezesseis anos só vestirá branco". Só uso branco. Até o penhoar, até as sandálias... Agora você entendeu por que fui mexer no seu armário, não é?

FLORADAS NA SERRA | 15

Bateram à porta. Letícia levantou-se, abriu-a. Entrou um rapaz. Alto, fino de corpo, um pouco desleixado na roupa marrom. A barba por fazer. Uma fisionomia risonha.

"Tão moço", pensou Elza, desconfiada.

— Mais uma companheira para vocês... Então, fez boa viagem? — disse doutor Celso, dirigindo-se à doente e se sentando em frente da cama, numa cadeira que Letícia trouxe.

Elza olhou-o com uns olhos abatidos e tristes.

— Estou tão mal! Piorei muito com a viagem. Devo estar com febre. As costas estão doloridas como se tivesse apanhado...

Fez um esboço de sorriso, querendo atrair simpatia.

— O doutor Aires escreveu-me contando o caso.

Auscultou-a rapidamente. Elza sentiu a cabeça do médico nas costas, no peito, e, pela primeira vez ao ser examinada, pensava: "É um homem, é um rapaz". Sentiu-lhe, perturbada, o cheiro dos cabelos. Momentos depois ele lhe tomava a temperatura. A moça observava-o, enquanto conversava com Letícia e Belinha. Tinha cara de menino, sim, mas olheiras fundas, num contraste interessante.

— Onde está Lucília? — perguntou o médico.

— Não sei — disse Letícia. — Anda só e não dá satisfação. Tem um gênio! Não admira não a terem querido no sanatório.

— É uma menina impossível. Ontem, eu fazia um passeio com um amigo, perto de casa. Um rapazinho caminhava só e muito depressa em nossa frente. Alcancei-o. Era Lucília metida numas calças engraçadas. Zanguei-me. Andara demasiado! Não sei o que faça com essa pequena. Recomendo-lhe repouso. Pode andar, sim, mas não como tem feito ultimamente. — Voltou-se para Elza. — É uma doente rebelde! Tenho um trabalho com ela... — Tomou o termômetro, olhou-o uns segundos. — Bem, dona Elza, a senhora passará o dia todo de amanhã em repouso. Alimente-se do que quiser, mas não saia da cama; precisa descansar da viagem. Depois de amanhã, irá às nove horas ao meu consultório para batermos uma chapa.

Era pouco. Pouca atenção. Elza sentiu um grande desapontamento. Doutor Celso conversou uns instantes com Belinha e Letícia. Despediu-se em seguida. Letícia acompanhou-o ao automóvel e depois, entrando no quarto, disse com ar engraçado:

— Ele é um amor, não é mesmo?

Dona Sofia veio à noite, agasalhou Elza com mais dois cobertores. Fazia frio. Um frio intenso.

— Não feche a janela, menina. Cubra-se quanto quiser, mas aqui o regime é este. Janela aberta!

Agora, com a luz apagada, o luar invadiu o quarto. Lá estavam, perfeitas, as silhuetas dos pinheiros. Elza pensava em seus companheiros. A lua se debruçava sobre eles. Dispneia, lividez. A solidão, o desamparo das horas lentas da noite. A lua entrando nos sanatórios, nos bangalôs, nas pensões. Fantasiou vários doentes na imaginação: "Uma velha. Sequinha e miúda, tossindo, tossindo, sentada na cama..."; "Uma menina. Abrindo os olhos, espantada com o luar no quarto, sentindo no peito o aperto, aquele aperto. Susto. Vai gritar..."; "Um homem. Parece um Cristo, bonito, os olhos cavados, os lábios arroxeados. Geme baixinho, geme um gemido fundo, uma queixa dolorida...".

Eram esses os companheiros que Elza queria, no egoísmo que vive em cada doente. Não essas moças que ali estavam dormindo perto dela e gozando de uma aparência de saúde.

Elza pensou mais uma vez nos companheiros que criara. O sono veio. Cobriu os pinheiros, o luar.

Mais tarde ouviu tossir. Muitas vezes. Seria Belinha? Seria Letícia ou Lucília? Uma tosse seca. Elza voltou-se na cama. Sentiu paz e dormiu profundamente, até de manhã.

2

A criadinha de dona Sofia entrou no quarto com o almoço. Elza estava sentada, apoiada nos travesseiros. Dona Matilde, já pronta para a viagem, ainda fazia arrumações pelo quarto. Agora era uma lata de biscoitos que ela esvaziava para um vidro grande, colocando-o na mesinha da cabeceira.

— Você é Firmiana, não é?

A cabocla fez um "sim" de cabeça e encolheu-se toda, risonha.

— Passe-me a bandeja, pode deixar que eu sirvo Elza. Mas, escute, menina, seja boa para minha filha, sim? Se você for boa, não se arrependerá. Hei de mandar uns presentinhos de vez em quando.

Firmiana, encostada à porta, retorcia-se toda.

— Não é preciso, não, senhora. A senhora não precisa se incomodar.

— Bem, menina, agora pode ir tratar da sua obrigação.

A criada saiu, e dona Matilde sentou-se na cama com a filha. Elza deixou-se servir como uma criança. Dona Matilde punha mesmo uma espécie de requinte na maneira como servia a filha.

Elza engolia devagar, calada. De repente, sem que interrompesse o almoço, começou a chorar.

— Se você quisesse, Elza, eu ainda poderia ficar uns dois ou três dias aqui.

Elza continuava comendo e chorando. No fim do almoço, com essa necessidade de ferir, de fazer sofrer, que têm certos doentes, disse:

— Quero mesmo ficar sozinha desde já! Tenho que ficar abandonada, sofrer calada, sem ninguém, e é melhor que me habitue. Já disse à senhora que vá. Vá para junto do papai e do Paulinho, não pense em mim. Se morrer, morri, é natural. Muita gente aqui deve morrer só.

Assustou-se com as próprias palavras e, supersticiosa, corrigiu:

— Depois, eu não estou tão doente. O doutor Celso nem se impressionou com o meu estado.

Dona Matilde parecia não ouvir. Olhava a filha para guardá-la, para levá-la pela viagem, para levá-la sempre junto de si. Momentos silenciosos. Agora a mãe enxugava a boca da doente com o guardanapo, retirava a bandeja para a mesinha, endireitava os travesseiros. Elza esperava qualquer coisa, ansiosa. Uma revelação... Esperava que dona Matilde ainda na última hora resolvesse ficar. Mas a mãe sabia que devia partir. Tomou a moça nos braços, em atitude de quem acalenta. Suas mãos tocavam, modelavam aqueles pobres ombros magros. Os lábios maternos passavam pelos cabelos, pela testa.

— Adeus, meu bem. Você fica logo forte, há de voltar breve. Seja paciente, cuide muito da sua saúde, faça direitinho o que o médico mandar.

Beijou a filha mais uma vez. Dona Sofia apareceu. O automóvel já havia chegado.

— Adeus, mamãe!

Dona Matilde saiu, e Elza, desmanchando os travesseiros, deitou-se, cobrindo a cabeça. Ouviu o carro distanciar-se. Depois, tudo ficou quieto. Tão quieto! Permaneceu muito tempo na mesma posição, toda encolhida dentro das cobertas, com medo de ver o quarto vazio, com medo da solidão. Mas Firmiana estava de volta. Vinha buscar os pratos. Elza descobriu-se.

— Firmiana, fique um pouquinho, sim? Vamos conversar.

— Se dona Sofia vir, ela não gosta... De agora até o café é hora de repouso. As moças ficam no quarto, dormindo ou descansando, e ela não gosta de barulho.

— Só hoje, Firmiana. Sente-se aqui perto. Você não tem medo dessa doença? Tão sadia! — Elza mirava-lhe o busto cheio, coberto por uma *étamine* transparente e desbotada, as ancas fortes. — Tão cheia de vida e não tem receio de perder tudo isso?

A criada riu, mostrando os dentes alvos e chatos.

— Ora, a gente precisa trabalhar, ganhar a vida. Tenho uma porção de irmãos, todos pequenos. Depois, a gente se acostuma...

— Você podia empregar-se na casa de um médico ou em Capivari. Lá, dizem que há muita gente que não é doente.

— Não adianta, dona Elza. Em casa mesmo nós temos um doente, um japonês. A mãe não queria, mas o pai teimou... É um doente do Dispensário. A casa da gente é tão pequena que se a senhora visse ficava admirada. Meu pai botou o homem dormindo no quarto com as crianças. No começo, eles tinham medo, o japonês tossia de noite, eles não podiam dormir. Agora, estão acostumados. Ele é bom mesmo! Faz para as crianças brinquedos de lata, de madeira, de papelão. Ajuda minha mãe na cozinha... Dá gosto!

Elza ficou espantada.

— Mas vocês não sabem que essa doença pega, pega muito?

— Qual! Dona Elza, não é tanto assim. Se fosse como dizem, não tinha mais ninguém com saúde aqui... Bem, vou indo. Se dona Sofia me pilha...

Novamente o silêncio. Pela janela, o azul entrando, um azul violento.

Elza tomou um livro, depois umas revistas. Eram coisas nas suas mãos, coisas inexpressivas. Fixava a atenção, mas não conseguia ler. Fechou os olhos: alguém entrou no quarto, de mansinho.

— Ah! pensei que estivesse dormindo...

Era Lucília num pijama verde, despenteada, com uma mecha de cabelos descendo sobre a testa.

— E eu pensei que estivesse em repouso.

— Estive mesmo um pouco. O máximo que aguento. Li, escrevi a umas colegas, dei umas voltas pelo quarto, depois me lembrei de você...

Sentou-se de lado, estendendo as pernas sobre os braços da poltrona.

— Muito gentil...

— Sua mãe arranjou tudo maravilhosamente, tudo em seu lugar.

Lançou um olhar sobre a escrivaninha a seu lado. Mata-borrão, tinta, papel... As vistas de Campos do Jordão...

— Você pretende escrever muito, não é? Todos quando chegam vêm animados dessas boas intenções.

— É verdade. Tenho um noivo. Tenho mamãe, papai, um irmãozinho de treze anos... São pessoas a quem não posso deixar de escrever. Não são amizades que se esqueçam.

Lucília ficou absorta.

— Parece que estou vendo a mãe, o irmão, o pai e o noivo desejando saúde a você. É bom a gente sentir-se necessária, querida.

— Mas meu noivo não sabe exatamente do meu estado...

— Sei. Enganando. Muitas e muitas fazem como você.

— Não é isso — disse Elza, enervada. — Não lhe quero dar cuidados. Está na Inglaterra estudando.

— Ah! Posso ver o retrato?

Apanhou-o sobre a escrivaninha. Um grupo de estudantes, oito ou dez rapazes e uma única moça, no centro, loura e risonha.

— Qual é o seu noivo?

— Este, à esquerda da moça.

— Ela é bonita, bonita mesmo!

— É uma colega, chama-se Muriel.

— Você não tem receio dessa inglesinha, não é?

— Ora essa — disse Elza. — Osvaldo e eu somos noivos quase desde que nascemos...

Elza estava fatigada. Sentiu-se mal, começou a tossir. Lucília levantou-se, deu algumas voltas e depois, nervosamente:

— Eu disse alguma coisa de mau?

— Não, não disse nada de mau.

— Elza, vou lhe dizer uma coisa... Nem sei por que motivo esse desabafo. Sou uma criatura detestável. Tudo, eu acho, só porque não tenho quem me espere. Não tenho quem pense em mim, desejando a minha cura.

— Ora, não é possível. Deve ter alguém. É um exagero!

— Não tenho por isto: quando era pequenina, perdi mamãe. Mamãe morreu... dessa doença que temos. Eu tinha dois anos e cresci querendo tudo. Querendo tudo, e papai fazendo as minhas vontades. "Coitadinha, não tem mãe..." Tenho uma irmã dez anos mais velha, mas sempre fui criada como filha única. Papai era um anjo. Brincava comigo, levava-me a passeios. Mas tinha outras diversões fora de casa. Era tão moço, era natural! Uma madrugada voltava para casa em mau estado, seu automóvel chocou-se com outro. Papai teve morte instantânea. Eu tinha catorze anos, e minha irmã, vinte e quatro. A história é comprida. Quando estiver aborrecida, eu paro. Diga com franqueza.

— Continue.

— Passei quatro anos interna no colégio. Saí de lá querendo o mundo para mim. Mas papai não existia mais. Tinha dinheiro bastante, mas minha irmã era muito severa. Parecia uma velha. Mania de ordem, de horas certas, de "isso não fica bem". Nessa época, conheci o Lauro. Era advogado, tinha certo prestígio e trinta anos. Começamos um namoro e em breve éramos noivos. Mas brigávamos... Ele era ciumento, e eu o contrariava por isso. Minha irmã Judith intervinha, fazia as pazes, procurava consolar, animar Lauro. Em pouco tempo, uma grande amizade existia entre eles, e perfeita compreensão. Aos poucos, desanimado com meu gênio, voltou-se para minha irmã, achando que seria mais feliz se casando com ela. Era desses que enchem a boca quando falam em "equilíbrio" e "sensatez". De comum acordo, um dia expuseram-me o caso, assustados, medrosos... Ao contrário do que esperavam, concordei. O fim devia ser mesmo aquele.

Afinal, eu não amava Lauro... Casaram-se, mas estavam irremediavelmente presos a mim. Aonde iria eu? Ah!... Como o tentei, como desejei que ele manifestasse remorsos. Fui vaidosa, fui perversa. Uma noite, Judith surpreendeu o marido fazendo-me a confissão do seu arrependimento. Eu estava com a fisionomia maravilhosamente espantada... Depois de uma discussão, houve o rompimento. Ficamos as duas irmãs sozinhas novamente. Era um inferno. Judith chorando o tempo todo, eu, irritada. Achava-me diferente, sem gosto para nada e completamente mudada. Tinha febre todas as tardes. Meu estado agravou-se. Procuramos um médico. Fez com facilidade o diagnóstico, aconselhou um sanatório. Estive num, três meses, mas não me habituei à disciplina. Foi o tempo que levou a reconciliação de Judith e Lauro. Às vezes, imagino como sou odiada, como desejam a minha morte, ou... — riu de repente uma risada fina e curta — que eu fique por aqui eternamente. — Lucília venceu as lágrimas que vinham, chegou-se para Elza e disse: — Tudo que eu lhe fizer de mau, tudo que me vir fazer de mau, será por isso.

Veio da cama uma voz carinhosa:

— Você é uma menina fiteira...

A outra dava largas passadas pelo quarto, um pouco agitada.

— Sua mãe também colocou uma folhinha aqui. Está atrasada, de um dia.

— Dê-me o primeiro de julho, quero guardá-lo.

A amiga satisfez-lhe o desejo e saiu do quarto. Elza fechou os olhos, muito cansada. Pensou em Lucília e teve a estranha impressão de que a companheira vinha saindo da sombra.

3

Durante alguns dias, Elza fez um repouso quase absoluto. Passava o tempo todo na cama ou na *chaise-longue* do terraço, levantando-se unicamente para ir ao consultório do doutor Celso. Tivera da primeira visita uma impressão inesperada. Na sala ampla, estavam uns quinze doentes. Letícia, familiarizada, conversava ora com um, ora com outro. Termos técnicos e desconhecidos cruzavam-se. Elza estava intimidada. Ao seu lado, uma doente procurava assunto e lhe fazia uma série de perguntas. Era novata, não era? Viera do Rio ou de São Paulo? Já se tinha tratado com vários médicos? Elza respondia com poucas palavras, olhando assustada para a porta. Um rapaz de branco fazia um sinal. Alguém deixava um lugar vago na fila de cadeiras. E saía daí a minutos do consultório. Mais um... mais um... a angústia aumentava; sua vez estava chegando.

A vizinha estava, porém, decidida a falar. Era uma mulher pequena, amorenada, a cabeça quase branca. Contou-lhe seu caso. "Vários pneus sem resultado, por causa das aderências", mas com a operação que fez, "de Jacoboeus", pôde continuar os pneus em ótimas condições. Pela última radiografia, via-se que o seu estado melhorava extraordinariamente!

As palavras zumbiam sem sentido aos ouvidos de Elza. Um homem pálido e louro levantou-se junto de Letícia. Alguns minutos...

Chegara a sua vez.

Entraram num pequeno compartimento, onde havia um divã. Letícia ia fazer um pneu. Viu-a deitar-se de lado e descobrir os ombros, as costas muito brancas. O perfume um pouco forte demais, que Letícia usava, dava-lhe tonturas. A moça, deitada, voltou os olhos risonhos para o doutor Celso, que se debruçou, enfiando a agulha. Segundos... A mão do médico comprimia a pequena bomba, enquanto ele reparava em dois tubos o nível da água amarela.

Acabou-se. Era só isso?

Letícia vestiu-se e acompanhou Elza, que ia tirar uma radiografia. Conselhos do médico. Prescrições. Doutor Celso ali não era mais o menino. Nada de brincadeiras. Mas estava agora tranquila e não se sentia mais tão só. Uma esperança começou a falar baixinho dentro dela. "Tantos que se tratam, que melhoram, que se curam aqui..."

Depois de alguns dias de tratamento, o médico recomendou-lhe pequenos passeios matinais.

— Amanhã irei ver o que há por esses lados.

Elza apontava a Letícia a estrada. Céu azul, profundo.

— Posso dizer. Ali do alto se avistam vários morros, todos redondos e parecidos. Pinheiros entre eles. No vale, casinhas de pobres. Ao longe, uma casa de estilo inglês. Pereiras. Culturas em volta. E, bem no alto, separado de nós pelo abismo, rodeado de ciprestes, está o cemitério... Bonito lugar para o seu primeiro passeio, Elza... Vamos amanhã?

No dia seguinte, Letícia chamou cedo um automóvel e desceu com Elza pela vila. Atravessaram as linhas do trem e tomaram a estrada que levava a um dos sanatórios.

Restos de geada nas grotas. A manhã tinha um sol muito claro, fazendo cintilar o orvalho enregelado, dando uma vida fictícia e esplendente à vegetação crestada pelo inverno. Rapazes e moças a cavalo riscavam. Risos que ficaram, num instantâneo, para trás. Letícia deu ordem ao chofer, o automóvel parou.

— Vai ver! A cascata é linda! Quero que conheça uma coisa bem bonita no seu primeiro passeio. Daqui onde estamos, até lá, você tem um pequeno exercício.

A amiga tomou-lhe o braço, e começaram a andar devagarinho. Elza movia-se com esforço.

— Não ando há tanto tempo!

Sorria, pálida e desapontada, muito pequena dentro do enorme mantô. Falava pouco. De vez em quando sua mãozinha se elevava e esboçava um gesto que acompanhava um sorriso. Era o voo de um pássaro ou um reparo qualquer que Elza guardava para si mesma, evitando um esforço maior. A doença emprestava-lhe agora uma nova sensibilidade. Vinha-lhe um prazer físico intenso da contemplação da natureza nessa manhã.

— Vamos parar.

Suspirou, cansada. Sorria sempre.

— Eu não disse que ia fazer feio?

Ao cabo de uns segundos, melhorou. Agora já estava perto da cascata. Umidade, cheiro de terra. Pinheiros bravos carregados de parasitas. Uma carobeira florida. Nesgas de céu azul por entre a folhagem cinzenta. A doente olhou um pouco intimidada para aquelas árvores tão estranhas, de tronco e galhos esbranquiçados. Caíam de cima, como franjas, filamentos cerrados. Aspectos de velhice. Árvores barbudas, ameaçadoras. Lembranças infantis de almas da floresta. Ouviam a queda-d'água, mas hesitavam em tomar um caminho. Deram de repente com duas jovens em trajes de montaria. Uma delas, voltando-se para o lado, gritou:

— Aí vem gente! — hesitou uns segundos e falou: — Não se apressem, são moças!

Letícia perguntou o que havia, o que significava aquilo.

— Não é nada — disse a outra jovem, que era mais baixa e gordinha, um pouco ridícula, dentro de umas calças azuis.

— Podem ir andando, o caminho é por ali...

Alguns passos. A cascata, de repente, como um véu, descendo de mansinho. Duas jovens nuas ali estavam. Uma era alta, morena e forte. Um ar de desafio na maneira arrogante com que fitou as intrusas. A outra era pequena e loura, muito branca, um corpo adolescente. Na primeira, a água caía direito sobre os ombros e se dividia. Seios morenos e duros, carne que a água não conseguia cobrir... A outra, porém, era a própria água; escondia-se nela, e seu riso agudo fazia lembrar uma ninfa que morasse ali. Frio. Gosto de saúde. Água gelada. Arrepios deliciosos.

Visão de segundos. A maior disse, audaciosa, para o espanto de Elza:

— Olhe bem: você parece que nunca viu uma mulher nua!

Riso entrecortado. A lourinha devia estar sentindo muito frio.

— Vamos...

Elza tomou o braço de Letícia e, de repente, encontrando uma súbita facilidade, atravessou o grupo de árvores, quase correndo. Passaram pelas duas sentinelas, que riam também. Mas agora era o ruído da cascata que soava como uma gargalhada. Elza olhou a estrada e viu o automóvel tão longe... Queria andar, porém. Alguns passos. Letícia interrogou, preocupada:

— Que é que você tem, criatura? Você se envergonha demais, também não é caso para tanto!

— Não é vergonha, Letícia.

Elza não conseguia mais andar. Suas mãozinhas pálidas fechavam nervosamente a gola do mantô e corriam, tateando, pelos botões.

— Não é vergonha... Eu vi aquelas duas esbanjando saúde. Lembrei-me de repente da minha magreza, senti-me tão feia, tão... — procurava uma palavra —, tão pobre... — disse afinal.

Letícia tomou a companheira pela cintura e levou-a quase nos braços para o automóvel. Ela contou de volta quem era aquela bonita e afoita morena.

— Chama-se Olivinha Sampaio. É conhecidíssima aqui. O pai tem uma casa maravilhosa em Capivari. Vem todos os anos e traz uma numerosa companhia. Aquele grupo que vimos, pouco antes da cascata, deve ser de hóspedes seus. Uma coisa que não entendo é como essa gente está sempre aqui, com tanto medo dos doentes... É sabido que a Olivinha fica apavorada quando vê alguém tossir. Se tivéssemos chegado mais perto, ela não seria tão valente e tão orgulhosa.

Em casa, encontraram visitas. Era um casal sentado num banco do terraço. Elza estirou-se, cansada, na *chaise-longue*, entre desculpas. Letícia fez a apresentação: a Turquinha e o Moacir.

— Parece turca, mas não é. É um apelido que lhe puseram na república em que está.

Elza admirou-se, olhando Moacir. Então, gente com aquela magreza, aquela cor e aquele nariz, Deus meu, tão afilado, ainda pode falar assim naturalmente e andar em visitas?

Moacir despedia-se. Ia passar uns meses num sanatório.

— Lá em casa não é como aqui, ninguém faz regime nem se trata direito. Casa de rapazes, comida de pensão... Vida extravagante... Tive um pleuris purulento. Há quatro dias o doutor Melo fez uma punção. Melhorei um pouco, mas agora quero mudar de vida. Temos os nossos planos...

— Vocês já ficaram noivos? — perguntou Letícia, muito natural.

— Quase — disse Turquinha. — Mamãe chega daqui a quinze dias, e então ficaremos noivos.

Elza viu sobre o banco o encontro das duas mãos amorosas e trêmulas. Riso. Olhos nos olhos.

Reparando mais atentamente, Elza descobriu que Turquinha fizera — agora aprendera também muitas coisas no consultório do doutor Celso — uma toracoplastia. Via-lhe o corpo deformado pela falta de algumas costelas. Via-lhe também uma comovedora faceirice. Olhos sombreados, maquiagem completa.

A visita era rápida. Moacir tinha de se despedir de vários amigos. Recomendou Turquinha a Letícia:

— As companheiras dela não são boas como você, e depois são meninas pouco... Você sabe, não é, Letícia? A Turquinha fica-lhe entregue na minha ausência...

Saíram daí a minutos. Elza viu o casal desaparecer e ficou pensando ingenuamente em milagres.

4

Naquele dia doutor Celso ia fazer uma visita às pensionistas de dona Sofia. Lucília passara mal à noite. Dores agudas nas costas, febre, tremores.

Elza foi visitá-la e encontrou Belinha e Letícia no quarto. Era o melhor aposento da pensão, mas estava tão cheio de móveis, malas e objetos que aparentava desconforto. Os vestidos, que sobravam no armário, estavam pendurados em cabides atrás da entrada, dando a quem entrasse a impressão de que alguém forçava a porta para não dar passagem. Bibelôs variadíssimos e de péssimo gosto. Fotografias. Lucília só, por todos os lados. Em cima da escrivaninha um par de sandálias douradas. Um penhoar de cetim e renda sobre a poltrona. O quarto era verde-claro, com os móveis no mesmo tom. Lucília estava sentada na cama, com os olhos inchados e vermelhos. Belinha, de pé junto ao leito, carregava nos braços um gato preto. Era o seu querido e indolente Dom José. Letícia foi até o armário e trouxe uma camisola de gaze azul. Elza admirava-se.

— Você vai vestir esta mesmo? Vai receber o doutor Celso assim?

— Que tem isso? — disse Lucília amuada. — Letícia e Belinha já me aborreceram por causa disso. Tanto faz essa como outra, encorpada e fechada até o pescoço. Aposto como vai examinar sobre a pele... Ai... Não posso me contrariar. Ai... Que dor... Que arrepios... Estou horrível, não estou, Elza? Dê-me aquele espelho. Não, não procure na mesinha de toalete.

Está ali, criatura, bem em sua frente, na escrivaninha, ao lado das sandálias.

Examinou-se, curiosamente, ao espelho. Letícia passara-lhe a camisola azul e dizia, olhando o sombreado da ponta dos seios pequeninos:

— Você vai piorar, quer um xale para cobrir-se?

— Quero uma fita azul, anda, molenga.

— Pronto, a fita.

Lucília enfeitava-se. Belinha riu:

— Você é mesmo uma vampira. Está se queixando de dor, chorou toda a noite e agora quer conquistar o doutor Celso para a Letícia ter raiva...

Dom José deu um salto e depois se encolheu gostosamente na cama.

— Tire esse bicho imundo daqui, que me vai encher a cama de pulgas! — Belinha acolheu-o amorosamente nos braços. Lucília riu de repente. — Ciúmes... Como é que a gente se sente, hein, Letícia?

— Não sei — disse com um muxoxo. — Tenho sido sempre a preferida...

Disse isso para fazer graça. Ficara vermelha. Queria sair daquele quarto, ir para longe, e não tinha coragem. Precisava esperar o doutor Celso ali. Enervamento. Lucília cruzou as mãos atrás do pescoço. Decote provocante... E perguntou a Belinha:

— Como vai o exército? — Era essa a maneira como sempre se referia à numerosa irmandade da menina.

— Vai bem. Vou buscar uma carta do Chicão que chegou ontem. O Chicão — explicou Belinha a Elza — é o meu irmão mais velho.

— É um colosso — disse Lucília. — Tão engraçado. Parece um elefante de gordo e escreve tudo miudinho: "Minha irmãzinha, recebe um beijinho do teu maninho".

— Não acho graça — disse Letícia.

Pancadas. Sobressalto visível de Letícia. Doutor Celso chegou. Estava elegante e barbeado. Indagou os sintomas de Lucília minuciosamente.

— Sabe? Devia abandoná-la. Não tem juízo! Já faltou três vezes em seguida ao meu consultório. Não estou contente com você.

— Não zangue comigo, doutor Celso. Só vendo como já me maltrataram hoje. Ai, as minhas costas. Parece que têm fogo.

O médico olhou-a atentamente. Sentou-se a seu lado, tomou-lhe o pulso. Silêncio. "Doutor Celso estará mesmo contando as pulsações?", Letícia devorou a camisola azul com o olhar.

— Lucília, agora você descubra as costas... Traga-me uma toalha bem fina, Belinha.

Tocando em vários pontos, o médico fazia o exame com o ouvido atento. Quando terminou, sentou-se ao lado da doente. Dava conselhos com a gravidade de um velho, ao mesmo tempo que brincava familiarmente com a mãozinha febril.

— Muito repouso, absoluto repouso. Terá que ficar desta vez muitos dias de cama. Está bonita de azul. Vai receber alguma visita? Nada de brincadeiras, conversas compridas demais. Vou falar a Sofia. Você precisa mudar. Não posso fazer nada sem que procure ajudar no tratamento.

Lucília tomou a mão do médico, levou-a rapidamente aos lábios e, olhando-o depois, bem nos olhos, disse, meiga e chorosa:

— Quero-lhe tanto bem, não se zangue. Só tenho o senhor aqui... Todos me detestam. Não me abandone...

Soluços. Os seios pequeninos dançavam dentro da camisola. Letícia interveio:

— Deixe disso, sua fiteira! Falando assim parece que ninguém liga para você. Quantas vezes dona Sofia veio cá esta noite! E Belinha, que nem dormiu direito por sua causa, levantando-se também, podendo piorar... Mal-agradecida!

Belinha protestou. Levantara-se uma vez só. Olhava receosa para o doutor Celso...

— Calma, menina — disse o médico a Letícia. — Ela está com febre, não faça isso! Não deve perturbá-la. Não ouviu as minhas recomendações?

Letícia estava rubra.

— Perdoe-me, doutor Celso. É que não ando bem — disse com uma súbita inspiração. — Dói-me o ombro esquerdo. Aqui... Pode examinar-me?

— Amanhã — disse o médico com a mesma severidade. — Amanhã, quando for ao consultório. — Fez algumas perguntas a Elza e a Belinha. — Continuem com o cálcio... Adeus, Lucília. Vou almoçar com o doutor Arnaldo Sampaio.

— O pai da Olivinha?

— Esse mesmo.

— A Olivinha é linda — disse, suspirando.

Doutor Celso saiu rindo, acompanhado por Elza.

Lucília cruzou de novo as mãos atrás da cabeça e disse para Letícia:

— Dor no ombro... Você é uma pequena indecente!

5

Pela primeira vez Elza sentia a embriaguez, a libertação que nos vem dos grandes espaços. Era uma manhã luminosa, e Belinha insistira para que ela conhecesse afinal "os nossos lados", como dizia. Porque, depois da descrição cheia de intenções de Lucília, supersticiosa, evitava a vista do cemitério. Cedera afinal. Belinha, com sua satisfação inexplicável de motivos pequeninos, orgulhou-se da vitória e levou Dom José ao passeio.

Elza melhorara sensivelmente nesses últimos dias. Apenas um pouco mais pálida e emocionada, pôde chegar ao alto quase tão bem quanto Belinha. Trajava vestido de lã marinho, com echarpe azul-celeste cobrindo-lhe a cabeça. Enfim, descobrira o mistério daquela paisagem tão temida.

Paz. Tranquilidade. Na montanha oposta, a fila de ciprestes na linha do horizonte. Era lá que estavam os derrotados. Muito junto do céu, isolados por uma distância quase azulada. Era isto que ela temia: pensar. "Todos aqui vieram com as mesmas esperanças e agora ali estão, misteriosos e obscuros, atrás da cortina de ciprestes."

Um dia teria a coragem de subir a montanha oposta, veria tudo de perto, e seu coração se desafogaria, inundado de certeza. Um dia, mais tarde...

Belinha voltou-lhe o rosto sem sombras.

— Viu? Agora perdeu a mania, não é?

Dom José, em seu colo, era uma grande mancha preta.

— Eu nunca tive medo. Custo a imaginar que aquilo é o cemitério. Veja você aquelas árvores no alto da montanha, parece que nasceram com a paisagem... fica tão bonito! Verde-claro da montanha, lisa e brilhante. E depois a linha verde-escura dos ciprestes. E esse azul profundo, imenso... — Olhou Elza gravemente. — Sou uma menina tonta, mas entendo as cores.

— Vamos um pouco mais adiante — disse Elza. — Sinto-me bem-disposta.

Caminharam suavemente. Belinha, de súbito, gritou:

— Olhe, Elza, aquele homem é um pintor!

Um pouco abaixo, numa plataforma, antes do profundo declive, um homem estava entregue ao trabalho de paisagista. Belinha acercou-se logo, mas Elza, afastada, apenas lhe via os ombros largos e curvos sobre a tela, a nuca vermelha de sol e uns cabelos louros desordenados.

Belinha estava imóvel ao lado do pintor. A tela continha apenas um esboço. Era um ponto, lá no fundo do vale. Uns pinheiros, uma casinha branca. Profundidade. A menina não se conteve:

— Por que o senhor está pintando isso?

— Não gosta? — perguntou o rapaz, risonho.

Tinha rosto fino, olhos um pouco oblíquos, muito claros.

— Não, não digo que seja feio, mas aqui há tanta coisa mais bonita...

O rapaz, sempre risonho, olhava a menina, interessado.

— Não acha aquilo bonito como um brinquedo novo? A casa pequenina, os pinheiros, aquele ponto de vida, distante e perdido... Ah, você não entende. Mas as crianças às vezes percebem isso melhor do que nós... Entendem a natureza. Certas crianças, naturalmente...

Belinha ficou séria.

— Eu não sou criança. Vou fazer dezesseis anos. Mas sei as cores. Quando são bonitas, quando são erradas... Sei. Ninguém me explicou, mas eu sei que sei.

— Ah — disse o rapaz, ficando sério. — Aquela moça ali é sua amiga? Vieram juntas?

Elza olhava de longe, e sua silhueta tão fina tinha um aspecto indizível. Echarpe azul, céu azul. Branca, fina e pálida.

O pintor, subindo rapidamente, chegou a seu lado.

— Senhorita, estava ali conversando com sua amiguinha, agora é que reparei... Que bem lhe fica esse lenço azul... Devo conhecê-la, não é? Parece-me que já a encontrei em alguma parte...

Elza olhava-o perplexa. À medida que o rapaz falava, ia recuando. Por fim, gritou "Belinha!" e, sem uma palavra ao desconhecido, voltou-lhe bruscamente as costas, andando agitada e nervosa.

Belinha alcançou-a por fim, e, com a agitação do andar rápido, Dom José inquietava-se e miava assustado, querendo subir até o pescoço da dona, todo arrepiado.

— Quieto, Dom José, que não o trago mais em passeios... Que foi isso, Elza? Por que voltou tão depressa?

— Não sabe? Você parece que gosta de se fazer de boba. Não vê que somos doentes? Que as pessoas sãs têm horror a nós?

— Ah, você está exagerando... Nem toquei no quadro...

Tudo agora era tristeza infinita em Belinha. A voz, a cabeça que pendia, a maneira piedosa com que segurava Dom José, tranquilo de novo.

— Letícia já me falou sobre isso. Avisou-me. Há uma moça de Capivari que fica transtornada quando ouve tossir...

— Estou aqui há bastante tempo — tornou Belinha —, nunca ninguém fugiu de mim. Isto é, nunca notei.

Elza sentia pena de Belinha, mas tornava ao assunto por uma necessidade costumeira. Aclarar tudo. Ir até o fim.

— Se esse rapaz soubesse que somos doentes, não se comportaria dessa maneira, procurando conversar conosco...

Belinha concordou, vencida, e Elza sofreu mais por isso.

Quando chegaram, Elza escreveu duas cartas. A primeira foi à mãe. Carta de doente. Letra miudinha, o papel todo ocupado com as notícias relativas à saúde. Estava melhorando, engordara bastante, continuava com os pneus, e dizia o doutor Celso que ia tudo muito bem. "Não sinto mais aquilo, não sinto mais isso..."

A segunda, para Osvaldo. "Divirto-me bastante; tenho ótimas companheiras... Passeio muito a cavalo... Tomei, um dia destes, um banho numa cascata aqui perto. A água estava gelada, era de manhã muito cedo..."

Depois, lembrou-se de visitar Lucília, que ainda continuava de cama. Encontrou-a polindo as unhas, mas com o rosto abatido, sem pintura, e os cabelos em incrível desordem caindo-lhe pela testa.

— Bom dia — disse Elza. — Hoje não espera o doutor Celso... Vê-se logo.

Lucília riu.

— Vem à tarde. Ou talvez nem venha, estou melhor. Você pensa que eu me interesso por ele? — Riso... Agitação. Os cabelos voavam, subiam e descobriam a fronte ampla e lisa. — Aquela cara de menino... É muito vulgar. A sorte dele é ter vindo para cá. No Rio ou em São Paulo ainda estaria à sombra de outro, e ninguém lhe daria importância.

Abriu-se a porta nesse momento. Belinha entrou como uma visão, sem rumor.

— Ah, é Belinha... Letícia não vem mesmo. Zangou-se tão sem motivo...

Belinha e Elza entreolharam-se.

— Você ainda quer que ela venha lhe pedir desculpas? — disse Belinha sorrindo. E um pouco desajeitada: — Hoje levei a Elza ali no alto...

— A vista do cemitério?

— Essa mesma. Elza está melhor, quase não se cansou. Mas voltou depressa, porque encontramos um pintor que quis falar com ela, e ela teve medo...

— Que bobagem. Quis evitar — disse Elza — que uma pessoa sadia pudesse ter receio de nós...

Lucília ria, silenciosa.

— É um pouco adiante, um pouco além do lugar de onde se avista o cemitério — disse carregando as sílabas.

— Ele está pintando... uma casinha branca, uns pinheiros... bem no fundo...

— Isso mesmo — disseram ao mesmo tempo Belinha e Elza.

Lucília estirou os dois braços acima do travesseiro e riu alto.

— Aquele rapaz é o Flávio, foi companheiro de pensão do Moacir. É doente.

6

À sombra rendilhada de uma grande árvore, o angico, Letícia e Elza faziam o repouso obrigatório. A pequena distância, uma cerca de arame, um espaço ensolarado, e de novo a sombra de uma árvore semelhante. Sobre uma esteira, duas crianças, gêmeos, esplendidamente louros e saudáveis, brincavam. Pequenas exclamações, risos, frases incompletas. Ao lado, uma negra, de branco, muito gorda, fazia crochê obstinadamente. O terreno em declive, e batida de sol, lá no fundo, uma varanda envidraçada. É dali que, o dia inteiro, a mãe fiscaliza os filhinhos. De vez em quando, a voz quebrada, com um longe de irritação:

— Josefa, olha o Chuca pondo terra na boca! Criatura de Deus, você não repara?

Essa vigilância constante, esse carinho distante e perdido — Josefa dissera a Firmiana que a patroa nem sequer tocava nos filhos — eram assunto na conversa das duas jovens.

— Imagina, Elza, o sofrimento dessa criatura. Eu preferiria não os ver. Preferiria ir para um sanatório. A empregada disse que ela não melhora por causa dessa preocupação. Ora acha os meninos malvestidos, ora que estão emagrecendo. Chora o dia todo porque o Nitinho não quis tomar o mingau.

— É triste, mas eu também gostaria de passar o dia vendo as minhas criaturas queridas através da vidraça. A gente fica tão sensível depois que adoece, tudo tem um preço maior, custa mais. A gente valoriza coisas insignificantes. Hoje, por exemplo, tenho o dia perdido por causa daquele incidente que lhe contei. Tenho que ir pedir desculpas àquele moço. É uma coisa ridícula, bem sei, ele talvez nem se lembre mais. Quando penso, porém, que ele é um doente como nós, separado da família, sofrendo, ou já tendo sofrido esse isolamento, tenho vontade de correr... Ir encontrá-lo até mesmo na república em que vive e dizer: desculpe!

— É verdade, é um exagero. Porque o Flávio, conheci-o por intermédio da Turquinha, vive há um ano aqui, quase curado. Talvez já estivesse bom se não vivesse nessa vida indisciplinada da pensão. Você me perdoe, Elza, mas esse seu interesse não será porque ele a achou bonita e foi dizendo, assim, logo de cara?

— Eu pensei que a malícia aqui fosse propriedade exclusiva de Lucília... Vejo que me enganei.

Letícia mudou de tom.

— Não me fale nessa criatura. Só pensa em fazer mal. Ah, Elza, eu sou tão infeliz! Queria ser diferente. Podia divertir-me, ter um namorado, como todas as moças aqui. Ir a passeios com a Turquinha e as amigas. Ainda ontem me convidaram para um piquenique. Só penso no doutor Celso... Desde que cheguei só penso nele. Ando até ingrata com a minha madrinha que me criou e me mantém aqui. Quase não escrevo. Acordo pensando nele e durmo com o mesmo pensamento. Queria viver ao lado dele, ser empregada sua. A presença dele já seria uma satisfação completa. Não é amor, Elza. Não penso em beijá-lo, não o afago nem em sonhos... Não sei o que é. É da doença talvez... É esse exagero a que você se refere... Não perdoo a Lucília, não posso perdoá-la, porque tenho sofrido muito.

Letícia fechou os olhos. Letícia, quando fechava os olhos, ficava feia. Morena, traços irregulares, boca grande. A mancha de sol no braço pendente, ao longo da cadeira preguiçosa. Pele morena cheia de sardas. Elza desviou os olhos com pena de Letícia; o olhar foi até os gêmeos, que se divertiam agora com um balde e uma pequena pá. O crochê prosseguia. A mão da negra era a única parte viva do corpo derreado de encontro à árvore. De repente, um dos gêmeos, Chuca ou

FLORADAS NA SERRA | 39

Nitinho, que segurava a pá na mãozinha, quis tomar o balde... Resistência enérgica. A pá agitou-se no ar, uma, duas, três vezes e bateu na cabecinha loura. Grito da criança. Grito de dor. Elza levantou-se para atravessar a cerca, ir socorrer o pequeno, agora sem fôlego, nos braços da ama. Lá no fundo, porém, um vulto se aproximou quando a moça transpôs o arame. Era a mãe que lhe dizia, trêmula ainda de susto:

— Não toque nele, sim? Perdoe... Não toque, por favor...

Mais tarde, depois do lanche, como Firmiana pedisse a dona Sofia licença para ir à sua casa, Elza quis também acompanhar a empregada. Naquele dia, desde cedo, estava possuída por pequenos pavores, precisava sair, distrair-se.

A casa de Firmiana era perto. Acotovelava-se com outras semelhantes à beira de uma estrada, numa favela, como chamavam os moradores da terra. Era de madeira enegrecida pelo tempo, muito pequenina, com umas escoras que impediam o seu resvalamento.

Quando Elza chegou, viu três crianças sentadas à entrada, numas pedras chatas que faziam as vezes de degraus.

Maneco, Rosa e Ditinho. Elza trouxe biscoitos, que repartiu com os meninos. Eram três crianças tristes e absortas, que contemplavam a estrada, agora levantadas, dando passagem à visita, muito indiferentes e distraídas. O menor, de camisola vermelha, segurava na mãozinha um estranho brinquedo de papel. Parecia uma pequena sanfona rosa, branca, azul-vivo. Numa extremidade, um círculo amarelo com dois olhos verdes e uma boca imensa, com dentes recortados em papel preto até as orelhas pontudas e vermelhas; na outra, uma cauda fantástica, feita de papel encrespado verde.

— Que bonito! — disse Elza, querendo agradar o menino, que, como os outros, olhava a estrada persistentemente. — Que é isso?

— É um gato. Seu Imaki diz que é um gato.

— A mãe já aprontou a roupa para eu levar? — perguntou Firmiana a Maneco, o maior, que devia ter uns doze anos.

— Vai ver, Nana, vai ver.

— Que é que essas crianças têm hoje, cruzes! — exclamou Firmiana, entrando.

Elza acompanhou-a. Dentro, Chica, mãe de Firmiana, acabava de passar umas peças de roupa para a casa de dona Sofia.

— Mãe, essa é a dona Elza, tão boazinha pra mim, só vendo.

A mãe limpou o rosto acobreado e reluzente no avental. Sorriu. Sorriso, faceirice dos pobres.

— Sente, dona Elza.

A moça sentou-se, olhando as paredes inteiramente recobertas de figuras de jornais, de revistas, artistas de cinema, reclames... A um lado, um pequeno armário com porta de arame. Uma cama com um cachorro amarelo que parecia partilhar da mesma indiferença de seus pequenos donos.

— Como vai a Amelica, mãe? Está boazinha?

— Ela é manhosa, só quer colo, mas está bem de saúde, graças a Deus. Quem tem passado mal é o seu Imaki. Seu pai foi até buscar umas folhas de cambará para fazer um xarope. A comadre Vitória disse que é o melhor remédio que existe para o peito. As crianças estão alvoroçadas porque o doutor Melo disse que ele não pode continuar mais aqui. Estão esperando seu pai chegar com as folhas, pensando que é só tomar o xarope e ficar bom...

— Venha ver a Amelica, dona Elza, como é engraçadinha.

Entraram no outro quarto, pequenino, com uma cama de casal feita de ferro, tendo na cabeceira um Coração de Jesus. Da trave do teto, pendiam duas cordas que sustentavam uma cesta. Amelica dentro. Tinha onze meses, mas parecia ter seis. Era miudinha, viva, olhos úmidos e negros. Elza não se aproximou. Firmiana balançou a cesta, estalou a língua.

— Pegue nela, dona Elza, é miúda, mas pesadinha...

— Não, Firmiana — disse Elza para a criada. — Outro dia. Quero conhecer o seu... o seu Imaki... Posso?

— Ora, a casa é sua...

Uma cortina de chita desbotada separava essa peça do quarto do casal.

— Posso entrar, seu Imaki?

— Pode — disse uma voz rouca.

Elza viu o japonês no fundo da cama, querendo levantar-se, com um sorriso humilde no rosto escaveirado.

— Não se incomode, seu Imaki, não precisa levantar... Essa é dona Elza, lá da pensão.

— Desculpa... — disse num sopro de voz, caindo de novo deitado sobre o leito miserável. — Estou mal... estou hoje ruim... — Papéis em cima da cama. Uma tesoura. — Hoje não aguenta fazer nada, nem brinquedo de papel que vende em Abernéssia. Nem ajuda a sua mãe...

— Quer que eu mande o meu médico aqui? — perguntou Elza.

O japonês fechou os olhos, que quase desapareciam num pequeno traço. Uma mosca fez um interminável passeio sobre seu braço nu e esquelético.

— Adeus, seu Imaki, Deus queira que melhore logo...

— Obrigado. A senhora é doente? Não parece... Obrigado.

Sorriso servil, quase uma careta.

A roupa já estava pronta. Elza e Firmiana saíram logo, deixando ainda à porta as três crianças com o olhar perdido na estrada, onde o pai devia aparecer.

7

Agosto principiava, e aos poucos a paisagem tomava um tom esmaecido. Os pinheiros, os quatro pinheiros da solidão de Elza, adquiriram um lado alaranjado pela manhã. Eram quatro aparições indecisas. A geada rareava, e, pelas pereiras e pessegueiros da vizinhança, pequenos botões rebentavam aqui e ali.

Satisfazendo o desejo de Letícia, Elza foi com a amiga e Turquinha em visita a Moacir. Entraram no jardim florido do sanatório, onde alguns doentes passeavam. Dois rapazes passaram juntos, e um deles voltou um rosto admirativo para Letícia. Sua exclamação ficou perdida, para trás. Letícia sorriu mais com os olhos que com a boca. Atravessaram as salas de mosaico encerado, subiram a escada cruzando com uma irmã de caridade.

— Bom dia, *mère* Thérèse — disse Turquinha, beijando-lhe a mão.

— Hoje vem atrasada — disse a irmã risonha —, isto é, está chegando na hora da visita...

— É verdade, ando sempre adiantada, mas hoje trouxe umas amigas e me demorei um pouco na casa delas. Adeus, *mère* Thérèse! Vamos subindo?

Turquinha respirava com algum esforço. Seus olhos, cercados de azul, luziam negros e comovidos. Chegaram ao primeiro andar. Atravessaram uma enfermaria já com alguns visitantes. Logo na entrada, Elza reparou num doente. Teria dezoito anos. As faces coradas, os olhos que a intimidavam num excesso de vida, quase delirantes.

— Bom dia — disse alto. — O que quer?

Sua voz era irritada e estridente. Turquinha e Letícia pararam. Elza tomou-lhes o braço com uma comoção violenta. Que lhe teria feito ela? Seria porque olhara?

Passaram rapidamente entre as filas de camas. Alguns liam, outros conversavam e paravam a conversa, curiosos com a aproximação das moças. Elza reparou que eram todos muito jovens.

Cruzavam agora pelo último leito. Era um homem alourado com uns olhos sem cor, vazios, que olhavam indiferentes e como que perdidos de rumo, uma velhinha de preto sentada na cama. A velhinha levava ao rosto um lenço de riscas. Soluços.

As moças tomaram pelo terraço amplo e cheio de luz. Pelas espreguiçadeiras, alguns liam jornais e revistas. Sempre a mesma curiosidade. Devia ser por causa de Turquinha, pontualíssima nas suas visitas.

Agora, estavam na enfermaria de Moacir, que ocupava o segundo leito, sentado, e já tinha uma visita. Elza reconheceu logo o pintor. Turquinha tomou lentamente, gravemente, a mão do noivo. Estavam os dois alguns segundos, olhos nos olhos, os rostos comovidos e iluminados. Turquinha, porém, se apercebeu:

— Nem falei com o Flávio, desculpe-me, sim? Quero apresentar: Elza Maia... Flávio de Abreu.

Elza tornou-se vermelha.

— Bom dia, Letícia — cumprimentou o rapaz amavelmente, rindo de um modo um pouco exagerado.

Elza achou-o irônico. "Onde se viu uma pessoa com esse riso num sanatório?", pensava a moça, prevenida.

Turquinha abriu um embrulho. Tirou uma blusa de tricô cinza. Moacir disse:

— Você é um anjo. Você é tudo para mim. Toma cuidado, nota o que eu preciso, como se fosse uma mãezinha. — Seus olhos se encheram d'água. Estava emocionado. A emoção, tormento das pequeninas coisas. Desabotoou o primeiro botão do paletó do pijama. Estava um pouco sem ar. — Tenho tido febre... — Sua voz era grossa, cheia. Uma voz que não era daquela criatura magríssima, aquele defunto que falava por milagre de Deus. — É até bom... — ria, contrafeito — que sua mãe não venha já... Daqui a um mês estarei melhor. Ela terá melhor impressão...

— É — disse Turquinha. — Daqui a um mês você estará muito melhor.

Elza olhou um livro sobre a mesinha de cabeceira. Um grosso volume coberto por uma capa de papel azul. Numa letra cheia de arabescos e enfeites estava escrito: "Ensino de graça a quem quiser. Sou amigo de todos. Só quero que me queiram bem, não me rasguem, tenham cuidado comigo". Era o dicionário de Séguier.

Elza fechou os olhos cismando, enquanto a conversa se generalizava entre os amigos. Pensava naqueles momentos vazios e estúpidos, naqueles dias de colégio em que só tinha vontade de rabiscar coisas assim. "Este livro pertence a..." Coisas disparatadas brotavam também do seu lápis, perdido sobre o papel. Momentos vazios...

Saiu de suas reflexões quando o seu nome soou na boca de Letícia. Ouviu riso. Era Flávio, de novo, que falava de Belinha.

— Perguntou-me por que não "pintava outra coisa", com o ar mais natural deste mundo.

Letícia disse:

— Elza deve estar satisfeita por encontrá-lo aqui. Passou um dia aborrecida por ter sido indelicada!

Elza olhou severamente.

— Indelicada? — tornou o rapaz. — Eu é que fui assustá-la; tomou-me por um louco, quem sabe? — disse, rindo. — A sua echarpe azul foi a culpada. — Elza queria falar, mas não conseguiu dizer nada. Flávio continuou: — Há de acostumar-se depressa com a familiaridade que se usa aqui. Somos uma espécie de náufragos perdidos numa pequena ilha. O mundo fica longe.

Elza disse desastradamente:

— Está enganado. Fugi porque não sabia que era doente. Tive receio que depois tivesse medo de nós.

Flávio deixou de sorrir.

— Cheguei no mesmo estado de espírito, há dois anos!

Moacir perguntou de olhos fechados:

— Já terminou o quadro?

— Não. Ando ocupado... — Riu novamente, e os cantos dos olhos vincaram-se. — "Ando ocupado...", aqui isso soa como moeda falsa. Mas ando mesmo trabalhando naquela tradução das memórias de madame Roland.

Moacir continuou, vagarosamente, ainda com os olhos fechados:

— Desta vez você precisa aparecer... Seu nome deve aparecer.

— Deus me livre. Dou graças a Deus por ter um tio ilustre e assim ganhar a vida. Não sei o que seria de mim se ele dissesse: "Olhe, rapaz, de agora em diante apareça com seu nome...". Nada mais publicaria.

— Não gosto de ouvir essas revelações — disse Elza, sorrindo. — Tenho receio de passar adiante e o segredo ser conhecido demais.

— Estamos num outro mundo — disse Flávio com simplicidade.

Nesse momento, na porta grande da enfermaria, *mère* Thérèse apareceu acompanhada por dois médicos. Um era alto, magro e solene, de pincenê. Tinha uma espécie de majestade decadente, certa maneira reservada e digna. O outro era pequeno, calvo, exuberante. No momento em que passaram em frente ao leito de Moacir, o calvo fazia uma mímica complicada, agitando no ar a mão gorda, de dedos chatos e brancos.

Moacir abriu os olhos, agitou-se e chamou alto, com a voz grossa:

— Doutor Melo!

Ergueu-se um pouco, querendo apanhar a papeleta na cabeceira, para apresentá-la ao médico.

— Vamos embora, Melo; não podemos perder tempo. —
A voz do doutor Nikon era fria e igual.

O outro disse, apressado:

— Passo mais tarde, depois que a enfermeira vier tomar a
temperatura. É aquele alemãozinho que está passando mal...

Sumiram logo. Moacir ajeitou-se na cama.

— Não ofereci nada. Turquinha, veja esse pacote ali da
mesinha, ofereça os biscoitos. Tire um, Letícia.

Letícia aceitou e passou adiante. Ainda mastigando,
perguntou:

— Doutor Celso tem vindo aqui?

— Não — respondeu Moacir. Falava com esforço. —
Você não sabe que ele agora abandonou os marmanjos? Agora é só do Sanatório São Luís, tratando das moças...

Flávio entrou na conversa:

— Incompatibilidade com o doutor Nikon, não é? —
Voltou-se para Elza: — É este que esteve aqui com o doutor
Melo. É um maníaco. Tem um gênio especialíssimo. É de incrível severidade para com os doentes. Expulsa quem tiver a
menor discussão. Multa a quem arranhar o soalho ou atirar
papel no chão. No entanto, perde muitas noites à cabeceira dos doentes. É dedicadíssimo, mas ninguém o tolera. Só
mesmo o Melo, com aquela fleuma!

Nesse momento, soava a campainha. A hora da visita havia terminado. Moacir beijou longamente a mão de Turquinha,
que se levantou radiosa, levando consigo a emoção de mais
uns momentos profundos. Moacir agradeceu a todos, já agora
meio sonolento, distanciado. Elza atravessou com os outros o
terraço, pensou que ia ver de novo aquele doente da outra enfermaria, junto da entrada. Cruzavam com despedidas quase
todas risonhas. Estavam atravessando a sala ampla e envernizada. Doentes retomavam os leitos. Agora, Elza ouvia tossir.
Uma tosse convulsa, desesperada, que se repetia, se amplifi-
cava e explodia angustiada. Era ele que estava tossindo... Elza
soube, ainda antes de lhe ver o rosto vermelho e os olhos lacrimejantes pelo esforço. Era o doente que a interpelara.

FLORADAS NA SERRA | 47

Elza deixou os outros passarem, atardou-se um pouco, penalizada, diante da cama. Ele quis dizer qualquer coisa, mas a tosse, que parara por alguns segundos, recomeçou.

— Adeus — disse Elza. — Até qualquer dia!

Ele levantou a mão acenando, olhando-a, desvairado, sacudido por aquele acesso. Elza alcançou os outros na escada. Flávio examinava-a persistente, curioso.

Embaixo, na sala luzente, aberta para o jardim, a velhinha de preto estava sentada, esperando qualquer coisa.

No jardim, antes das despedidas, Flávio disse a Elza:

— Vou visitá-las qualquer dia desses. Permite que eu lhe faça o retrato?

Elza disse que sim, contente consigo mesma, contente por causar boa impressão. Caminharam todos, silenciosos, pelas alamedas floridas do parque, e depois Flávio tomou seu rumo.

8

Elza estendeu-se preguiçosa no terraço, entre a displicência de Lucília e a nervosidade de Letícia. Aos poucos acostumara-se com a antipatia recíproca das duas jovens, que, depois de alguns dias em que se evitaram o mais possível, fizeram as pazes, obrigadas por dona Sofia. Passaram depois disso a detestar-se cordialmente, havendo por parte de Letícia um rancor maior.

De dentro, da sala, chegavam rumores da arrumação da mesa. Ultimamente, ocorria a Elza pensar amiúde: "Que teremos hoje ao almoço ou ao café?". Às três horas, quase sempre lamentava que o café tardasse tanto. "Só às quatro!" À mesa, sorvia o leite devagarinho, quieta e séria, sentindo um prazer um tanto sensual. Tornava-se gulosa, coisa que nunca fora, nem em criança.

Agora, enquanto ouvia as pancadas do tamanco de Firmiana circulando em torno da mesa, pensava no bolo de chocolate que dona Sofia tinha preparado.

Letícia curvou-se. Examinou de perto a cabeça de Elza e passou-lhe a mão pelos cabelos. Elza sorriu.

— Que é isso?

— Olhe-se no espelho. Veja como estão nascendo cabelos... Pela cabeça toda!

Elza ainda não reparara. Lucília tirou os olhos de um livro, meteu a mão no bolso da calça de flanela cinza e tirou um espelhinho.

— Admire-se.

Elza olhou-se demoradamente. Uma penugem de tom mais claro que o castanho-dourado dos seus cabelos escondia-se por baixo dos fios longos.

— É bom sinal — disse Letícia. — Você vai ficar boa!

Nesse momento, Flávio apontou na escada. Vinha acompanhado por um rapaz moreno, baixo, de pele azeitonada, que vestia um terno azul-marinho lustroso, flutuando livre como uma roupa que secasse ao sol.

Flávio apresentou-o a Elza:

— É o Gumercindo de Sá, lá de casa.

As outras já o conheciam. Letícia achou-o melhor, menos magro. Lucília disse um boa-tarde muito seco e mergulhou de novo na leitura. Segundos depois, olhava para os dois rapazes e dizia:

— Desculpem, o romance é muito interessante, e a visita não é para mim.

Flávio protestou energicamente, mas Lucília já estava longe, levada pela trama da leitura. Elza, com o tempo, veio a descobrir nela um notável poder de abstração. Gumercindo agora falava com voz fanhosa e desigual, interrompendo-se algumas vezes para assoar-se. Tinha uma coriza crônica.

— Precisava trazer o Flávio. De manhã à noite falando no retrato de Elza... — Era dado a intimidades com todas as moças de Abernéssia e nunca usou "dona" antes de "você". — Compreendem. Ouvir-se um escritor falar no romance que vai escrever é terrível, mas ouvir-se alguém falar no quadro que vai pintar... Sabem o que acontece comigo? Sobe-me a febre. — Ria mostrando os dentes escuros cercados de ouro. — O pior é que Flávio não se decide. "Deixa para amanhã." Os dias vão passando, e ele, nessa ideia do quadro, sem nem sequer pegar na tradução.

Flávio riu:

— Ele tem razão, dona Elza, se me ajudar, creio que farei qualquer coisa apreciável.

— Terei que ir "posar" lá no alto, onde nos encontramos?

— Não, vai ficar aí mesmo, nessa cadeira do terraço.

Faço questão da echarpe azul. Vou fazer-lhe apenas o busto. Terá as suas mãos... Não lhe dizia, Gumercindo, que mãos admiráveis! A senhora permite?

Tomou as mãos de Elza, que estava confusa, e examinou-as. Letícia ria, silenciosa.

— Terá suas mãos cruzadas, sobre o colo. Farei um fundo fantástico, mas uma paisagem aqui de Campos. Uma paisagem longínqua, um desdobrar de serras. À esquerda — Seu olhar cercava, vivo, a figura de Elza —, porei num plano mais próximo uns pinheiros.

— Ficará uma Nossa Senhora da terra — disse Letícia.

Lucília saiu do seu mundo e falou:

— Não acha a sua "Gioconda" muito magra? Devia esperar um pouco. Espere uns meses!

— Oh, não. A figura que idealizava para representar "A Alma" dessa região tem que ser assim mesmo...

— Sim, não há dúvida. Para "alma" estou muito bem.

Elza riu um pouco fino, querendo fazer ironia.

Firmiana apareceu na porta.

Nessa tarde, dona Sofia, que se revelava unicamente à mesa, não deu uma palavra, mantendo uma expressão severa. Ali estavam duas criaturas que poderiam voltar muitas vezes. O bom seria não os animar.

Flávio não se deu por achado. Fez um grande elogio ao bolo de chocolate, falou muito... Gumercindo quase não dizia nada. Elza reparou que ele seguia com o olhar as evoluções de Firmiana em torno da mesa.

Belinha levantou-se antes de todos, risonha e cheia de desculpas.

— Vou ao Correio, hoje estou com um palpite... Vou trazer uma carta de Osvaldo!

— Quem é? — perguntou Flávio.

— Um amigo meu de infância que está na Inglaterra.

Lucília engasgou-se, rindo.

Voltaram ao terraço. Gumercindo deixou-os e entrou na sala, onde pediu um copo de água a Firmiana. Flávio falou na beleza da paisagem de Campos do Jordão. Era uma beleza grave e pensativa. Efeito dos pinheiros... Em setembro ficava diferente. As pereiras e os pessegueiros floridos davam-lhe um aspecto de irrealidade.

— Perguntamos, ao ver a extensão imaculada das pereiras floridas ou o rosa profundo da flor do pêssego: estaremos no Brasil?

Letícia disse, com péssimo gosto:

— Dizem que o tempo da florada dos pessegueiros é o das hemoptises... O trabalho do doutor Celso aumenta horrivelmente.

Elza empalideceu. A ideia adormecida voltou-lhe violentamente.

Flávio disse que viria no dia seguinte pela manhã.

— Às nove horas, está bem?

— Tenho o meu passeio obrigatório. Venha às dez.

Quando Belinha chegou, os dois rapazes já haviam partido. A menina vinha contentíssima. Trazia uma carta balançando no ar.

— Do Osvaldo, eu não disse? Agora, escutem. Uma novidade! Nem posso falar, meu Deus! — Estava agitada, toda ruborizada de prazer. — Mamãe escreveu... dizendo que vai mandar um enxoval completo no dia 15 de setembro. Vem um vestido rosa, de musselina, para eu vestir no dia, bem vaporoso... E ela quer que eu dê uma festa. Uma festa bem bonita, com muitos doces e muita gente. Ela queria vir. Todos queriam vir... Então resolveram mandar o dinheiro para a festa...

9

Lucília encolheu os ombros e apressou o passo. Elza seguiu-a apenas, aflita, olhando para aquela paisagem erma e tristonha. Atravessaram um campo. Era uma vegetação rala e amarelada. Moitas e moitas de tiririca, e, de longe em longe, apontando no meio daquela pobreza, o caraguatá lembrando a touceira do abacaxi.

— Vai chover, vai chover, sim, já sei, estamos muito longe para voltar. Deve haver alguma casa por estes lados... — dizia Lucília raivosamente.

Elza, cuja aflição aumentava, olhava para o céu, onde nuvens imensas e negras se acumulavam. Escurecia. Terrores infantis acudiam-lhe à memória. Alguma coisa monstruosa, uma desgraça estava para acontecer. Tudo porque resolvera acompanhar essa maluca em peregrinações por mundos desabitados. A mania de Lucília! "Gosto dos lugares sem mancha de civilização. Sem casas, sem estradas. Felizmente ainda restam por aqui..." Lucília não era uma criatura comum. Seria assim por esnobismo? Não, ela desprezava terrivelmente o seu público. As nuvens baixavam, cercavam o mundo, que não podia mais fugir.

— Lucília, pelo amor de Deus, vamos voltar. Não há casa nenhuma por esses lados.

— Não me faça ficar nervosa!

Lucília parou, atirou para trás os cabelos sempre livres e disse:

— Agora já sei. Lembro-me de uma casa atrás daquelas árvores. Há uma pequena descida e depois é a casa. Tenho certeza agora. Mexa as pernas!

— Não posso, não aguento, minhas pernas estão moles. Lucília, espere!

— Você quer escapar da chuva, então corra!

Elza seguia a companheira com dificuldade. Lucília corria como um demônio. O vento agitava suas calças cinzentas, e seu cabelo, todo vivo, subia dançando em cima da cabeça.

— Estou com medo... Lucília, espere por mim!

A escuridão aumentava. Lá estava o pequeno bosque. Elza corria com um esforço imenso. Angustiada, pensava: "Depois ainda temos que descer... Existirá a tal casa? Se apanhar chuva, pioro. Sou até capaz de morrer!".

— Estamos perto! — gritou Lucília com a voz cortada pelo vento.

Elza sentiu no rosto um grosso pingo de chuva. A boca, semiaberta pelo esforço da corrida, foi atingida imediatamente. E logo depois a chuva desabou violenta. Elza, num esforço supremo, alcançou Lucília e agarrou-se a seu braço.

— Não me largue. Corra, vamos para onde quiser, mas não me largue!

As árvores encolhiam-se, torciam-se todas, sob a fúria do vento. "Tenho medo, as árvores vão cair", pensava Elza, mas não dizia nada, agarrada a Lucília, que a arrebatava como uma feiticeira por aqueles mundos de pesadelo, enquanto a chuva lhe fustigava o rosto, embebia-se-lhe nas meias e tornava suas pernas cada vez mais pesadas, com os movimentos cada vez mais penosos. Estavam já sob as árvores. Um galho desceu de repente e lhe riscou o rosto.

Lucília tinha agora qualquer coisa de mágico. Elza tomava-lhe o braço com desespero. "Não, Lucília não pode falhar. É só descer..." O terreno era escorregadio. As árvores ficavam para trás. Elza escorregou e quase levou Lucília na queda. Embaixo, estava a casa! Quase deslizaram até lá. Era uma construção rústica, mais choupana do que casa. Estava toda fechada. Elza teve vontade de cair de joelhos diante da entrada. Reuniu o resto de suas forças e esperou, enquanto Lucília batia na porta com ambas as mãos. "Pode estar desabitada..." Elza sentiu dentro de si uma angústia desconhecida.

Alguém abriu a porta. Elza e Lucília precipitaram-se. Havia uma poltrona à esquerda. Elza atirou-se nela e começou a chorar alto. Lucília não perdera a calma. Sentou-se numa cadeira. Antes disso, foi obrigada a derrubar uma pilha de livros que ocupava o assento. Estirou as pernas devagar. Estava em lugar seguro. Calma, mas muito pálida, dirigiu-se ao homem que as recebera, que aliás não parecia nada satisfeito com a intromissão. Estava ali diante dela, de pé, e a examinava com certa displicência. Era alto, de ombros um pouco estreitos e cabeça grande, com um rosto largo e brilhante. Estava vestido quase pobremente, com uma malha desbotada e calças azuis.

— Deve ver que fomos obrigadas a buscar refúgio aqui — disse Lucília.

Um trovão ribombou. Elza disse:

— O senhor desculpe... Estava louca de medo.

O homem levou a mão branca e um pouco feminina ao queixo. Sua mão era bela.

— Fiquem até passar a chuva. Não há mesmo remédio!

Sorriu, e seus dentes luziram brancos e saudáveis.

— Aproveitem a lareira. É o meu luxo.

Era no fundo da sala, meio sala, meio quarto. Lucília viu livros por toda parte. Em cima das cadeiras, em duas largas estantes e cercando, quase como uma pequena trincheira, a escrivaninha, onde havia um pedaço exíguo para escrever.

Elza levantou-se, tremendo de frio, e postou-se em frente da lareira, onde o fogo crepitava de mansinho. Lucília tomou a cadeira, fez a amiga sentar-se.

— Vamos ver se aquecemos um pouco a roupa... Tenho remorsos, Elza. — Voltou-se para o homem: — Somos duas moças da pensão de dona Sofia, em Abernéssia.

— Ah, sim. Mas não conheço. Não conheço ninguém aqui. Nem quero conhecer. Vim para trabalhar sossegado — disse, rindo.

— Não seja indelicado — tornou Lucília, repentinamente agressiva. — Quero avisá-lo de que somos... doentes. Não poderemos sair daqui antes que o tempo melhore.

— Doentes de quê? — perguntou o homem com ar de quem veio da Lua.

— De... gripe — disse Lucília, sarcástica. — O senhor não vê quanta gripe há por aqui?

— É pena — disse ele, contrariado. — A senhora quer qualquer coisa? Quer uísque para esquentar o corpo?

— Tem chá?

— Tenho. Quer fazê-lo? A cozinha é aqui... — Lucília acompanhou-o. Latas de conservas empilhadas. Panelas por lavar. — Está aqui o chá — disse ele. — Aqui a chaleira, as xícaras. Também quero tomar.

Lucília, só, dava voltas pela cozinha, hesitando, depois correu até junto de Elza, que cabeceava, sentada diante da lareira, dizendo-lhe bem baixo, para que o homem não ouvisse:

— Você sabe fazer chá?

Elza acompanhou silenciosa a amiga até a cozinha. Estava com o rosto um pouco vermelho. "É do calor do fogo", pensou Lucília, querendo tranquilizar-se. Quando passaram pela escrivaninha, o homem estava diante de uma pilha de papéis, trocando folhas. Olhou-as como para as paredes, com um olhar vago. As duas amigas conversavam:

— Que homem! — disse Elza. — Parece um louco. Que maneiras esquisitas. Sozinho aqui... Um perigo, Lucília. Pode ser algum criminoso.

— Você é mesmo catastrófica. É um escritor. Será que não percebe nada, criatura?

Instantes depois, o chá estava pronto. Lucília ria.

— Imagine! Estamos fazendo de criadas para esse desconhecido.

Levou o chá numa bandeja com três xícaras. O homem lia agora uma folha e, com ar satisfeito, balançava a cabeça.

— Ponha a bandeja aí mesmo em cima da cadeira.

Lucília tomava o chá e observava o homem, que continuava a balançar a cabeça. Elza esvaziou a xícara.

— Não vem tomar?

O homem levantou-se lendo e levou a xícara aos lábios com a mão direita, enquanto a esquerda elevava o papel muito junto dos olhos.

— O senhor está enganado. Está bebendo o que escreveu, e isso é perigoso...

Mas o escritor não ouviu. Continuava tomando o chá em pequenos goles e lendo com grave atenção. A chuva persistia torrencial. A umidade penetrava. Lucília olhou para a cama em desordem no meio do aposento e teve um grande desejo de atirar-se nela. Elza retomou, pensativa, o lugar diante do fogo. O homem não acabava mais de ler e de tomar chá. O tempo se arrastava, e o escorrer da chuva no telhado enervava Lucília. Aproximou-se da companheira. Lá estava Elza dormindo. Pendia-lhe a cabeça, e os cabelos tomavam reflexos avermelhados. Suas mãos, assim como as queria Flávio, estavam cruzadas sobre o colo. Lucília pensou bruscamente que ela aparentava agora uma tocante humildade. Por que seria? Vergou-se sobre a adormecida, tomou-lhe umas das mãos. Estava muito quente. Elza abriu os olhos sorrindo, cansada.

— Estou mole. Deve ser desse calor do fogo...

Lucília abandonou a mão da amiga, que cerrou de novo os olhos, permanecendo na mesma posição. Deu alguns passos pelo quarto, examinou as estantes. A chuva caindo... O homem escrevendo, sentado quase de lado, aproveitando o minúsculo espaço de sua mesa. Elza dormindo... Lucília aproximou-se do escritor:

— Oh, lembrei-me. O senhor tem telefone?

O homem olhou-a com o seu olhar calmo.

— Se tivesse, teria oferecido. Estou aqui exclusivamente para trabalhar, já disse. O telefone é um dos inimigos do trabalho.

— Notei, desde o começo, que o irritamos com a nossa presença.

— Infelizmente, a sua visita não é dessas que se possam recusar. A chuva ainda está caindo... Agora terei a sua companhia por algumas horas.

— Quem é o senhor?

Lucília, com a facilidade com que dispunha do próprio corpo, sentou-se no chão, sobre o tapete velho e desbotado, perto da mesa.

— Vamos ver se adivinha?

— Um escritor, se os meus olhos não me enganam, o que é sempre natural na vida.

— Isso mesmo. Sou um escritor. Os seus olhos não a enganaram. — Olhou-a, descobriu-a. — Tem olhos grandes!

Não disse mais nada. Lucília pensou: "Afinal, olhos grandes é um cumprimento".

— Como é o seu nome?

— Por que não se senta na cadeira?

— Porque tem uma bandeja em cima. Como é o seu nome?

— Não tem importância. Isto é que tem significação.

A mão quase feminina acariciou a página. Os cabelos de Lucília dançaram, seu corpo moveu-se. Com a ponta dos dedos, arranhava o tapete. Toda ela parecia dizer: "Olhe-me".

— Não me quer dizer o seu nome... O meu é Lucília. Lucília de Castro Reis. Mas não gosto que me chamem assim. Só gosto de Lucília.

Desta vez o homem fixou-a com atenção.

— Está errado — disse ele. — Lucília é muito doce.

— Quando quero, sou doce.

Olhava para cima como uma serpente.

— Faz uma alta ideia de si mesma...

Lucília levantou-se e olhou por cima da cabeça do escritor as páginas cobertas de uma letra empastada, caprichosa e fantástica. Dir-se-ia que o vento soprava sobre as letras, vergando-as para outra direção mais adiante... Lucília leu a custo uma palavra que viu repetida muitas vezes na mesma página: *Fatum*.

— *Fatum.* Que é isso?

— Quer mesmo saber ou quer conversar?

— Quero saber para conversar...

— É o nome do destino em latim.

— Hum... Está escrevendo alguma coisa nova sobre o destino? Interessante... — Uma voz fina e irritada.

— O destino é inexorável — disse ele. — Tenho pena da sua pobre fala irônica. Está fazendo ironia — perguntou com seriedade — ou é da gripe? Mas, como ia dizendo, o destino é inexorável. Vim aqui para Campos do Jordão, escolhi uma casa retirada, não trouxe empregado, evitando o mais possível qualquer convivência. Alguns dias depois da minha chegada, cai uma chuva, e o que me traz essa chuva?

— Eu. Uma criatura interessante, com vinte e dois anos, sensível e curiosa, com uma amiga que dorme muito bem...

O homem olhou-a assombrado. Mas Lucília agora era um anjo. Um anjo que baixava os olhos. Sobre o encosto da cadeira estava um paletó azul-marinho. Ela examinou-o sem cerimônia. Os bolsos estavam vazios.

— Que procura?

— O seu nome.

Nada. Nenhum papel. Apenas no forro a etiqueta amarela do alfaiate: "Bruno".

— Achei — disse ela, triunfante. — Vou chamá-lo de Bruno. Fica-lhe bem. Agora podemos conversar. — Sentou-se de novo no chão, olhando-o com os olhos penetrantes. — Já sei seu nome. Conte-me o que está fazendo...

Elza apareceu de repente, esfregando os olhos.

— Dormi muito?

— Pouquíssimo. Não quer descansar mais?

Lucília olhava-a como a uma inimiga.

— Mas... a chuva já parou... que é que você está fazendo sentada no chão?

O homem levantou-se, abriu a porta. Era noite já. Uma noite úmida.

— A chuva já passou. Podem ir...

— Volto — disse Lucília. — Não sou o destino nem a fatalidade. Mas sou uma mulher fatal...

Dizendo isso, com o rosto brilhante, as calças amarrotadas e os cabelos... aqueles cabelos... Tinha graça. O homem riu, apertou-lhe a mão.

— Volte quando quiser...

10

— Você precisa atentar na minha responsabilidade. Nem sei por que não escrevi à sua mãe.

— Pedi tanto...

— É. Mas a verdade é que do que lhe acontecer terei de prestar contas.

Dona Sofia esfregava as mãos ossudas uma na outra, nervosamente. O pescoço estava cheio de manchas avermelhadas, sinal de extrema agitação.

— Que Lucília ande por onde quiser, faça o que entender, não me importa. Nem sei onde vive a família dela. Nunca ninguém me fez nenhuma recomendação a seu respeito. Mas você... Agora, que está melhor, quero preveni-la. Qualquer imprudência que fizer, escrevo imediatamente à sua mãe.

— Sei que a senhora é muito boazinha. Não escreveu porque teve pena de mim. Depois, não adianta nada. Mamãe ficaria tão nervosa, coitada! Tem sofrido tanto por minha causa. E, afinal, já estou quase boa. Dois dias já sem febre. Foi mais o susto, o medo...

Dona Sofia curvou-se intempestivamente sobre o leito, arrancou-lhe os lençóis, agitou-os no ar, cobriu Elza de novo. Levou os cobertores para a borda da janela, abriu-os ao sol, exclamando:

— Tanto que fazer, e essa Firmiana arranjando pretexto para ficar em casa. Ainda tenho que arrumar o quarto de Lucília e olhar o almoço! Há gente que não tem consciência. Lucília não pensa nos outros. Atira tudo pelo chão. Não se sabe qual é a roupa limpa ou a suja... E a Firmiana, que me deve tantas obrigações, vai para casa e fica por lá dois dias inteiros!

— Fiquei com pena dela, dona Sofia. Estava tão acabrunhada com a doença do irmão!

Dona Sofia, com o pano de pó, friccionava violentamente a escrivaninha. Interrompeu o trabalho para fixar Elza com um olhar cheio de censuras e disse:

— Tem muita pena, já sei. Já mandou o doutor Celso lá, ver o menino. Mas até eu posso dizer o que é que ele tem. Indigestão. Febre e vômitos... Indigestão!

Com essa sentença, retirou-se majestosamente.

Nesse momento, o automóvel do doutor Celso parava à porta da casa de Firmiana. Letícia acompanhara-o com um interesse recentíssimo pela sorte da família da empregada. Rosa e Ditinho, sentados à porta, logo entraram correndo a anunciar a visita do médico. Firmiana apareceu com os olhos pisados, a fisionomia desfeita.

— Ah! Doutor Celso, tanto que eu queria chamar o senhor, mas não tinha coragem...

— Foi dona Elza quem me pediu para ver o pequeno. Mas, olhe, tenho pressa, já está na hora do hospital.

— Entre, doutor Celso. Entre, dona Letícia.

Doutor Celso entrou, deitou um olhar em torno da sala e depois:

— Que é que tem o menino?

— Ah, o Maneco está muito doente... Acho que não escapa... — Firmiana chorava.

— Vamos, menina, é preciso que me diga direitinho como foi que adoeceu.

— Faz tempo que ele anda mudado... Desde que seu Imaki foi embora daqui...

— Quem é seu Imaki?

— É um doente, um japonês, que morava aqui e foi para o Sanatório dos Japoneses...

— Ah, sim. Continue, menina — disse o médico, olhando a cabocla com atenção.

— Depois que o seu Imaki foi embora, o Maneco ficou que dava pena. Triste que só vendo. Estava até ficando amarelo de tanto sentimento. Ele, que fazia barulho para chegar na escola na horinha, ficava em casa banzando. A mãe zangava. "Hoje não vou, estou com dor de cabeça..." A mãe ralhava, e ele ia... Parece que não tinha mais vontade de nada neste mundo... — Firmiana, chorando, passou a mão pelo nariz. — Às vezes, o pai e a mãe acordavam de noite com os gritos de Maneco. "Que é que você sente, criatura?" "Nada, mãe, não é nada..." Passou uns dias assim, sempre falando num peso na cabeça... Até que caiu de cama com um febrão e vomitando que só vendo...

— Bem, agora quero ver o doente — disse doutor Celso, tirando do bolso o relógio e olhando-o rapidamente.

— Mãe — gritou a cabocla —, o doutor já vai entrando!

Atravessaram o quarto do casal. Amelica, dentro da cesta, chorava e agitava as perninhas. A cesta oscilava.

— Coitadinha, hoje ninguém quer saber dela — disse Firmiana, com um carinhoso olhar de passagem.

— Entre, doutor.

A mãe apareceu levantando a cortina de chita. Doutor Celso entrou seguido por Letícia, que tinha os olhos assustados. Na cama miserável que seu Imaki ocupara, Maneco estava deitado. Tinha o rosto vermelho. Gemia, volvendo a cabeça de um lado para o outro. Firmiana aproximou-se.

— O médico está aí. Você agora vai ficar bom. Doutor Celso vem curar você.

O menino abriu os olhos. Dir-se-ia que a pouca claridade do aposento ainda o incomodava. Seus olhos procuravam, piscantes e incertos, gravar a figura do médico. Doutor Celso segurou-lhe a cabeça. Maneco, sacudido por náuseas terríveis, fazia esforços para vomitar. Afinal, da boca trêmula uma baba amarela escorreu. A mãe surgiu junto do médico com um pano encardido na mão. Doutor Celso enxugou, cuidadoso, a face da criança, observando-a demoradamente. Lágrimas escorriam pelo rosto febril.

— Assim, já descansou um pouco; vamos ver a temperatura.

Maneco, de olhos fechados, deixou que o médico lhe pusesse o termômetro. Rosa e Ditinho chegaram à porta com o pai. Era um homem envelhecido, magro e alto, tinha um aspecto de louco. Letícia, em pé, no meio do quarto, foi tomada de um súbito pânico. O velho e as crianças deram-lhe passagem. Letícia abandonou o quarto. Firmiana e a mãe, junto do médico, olhavam o doentinho. Maneco respirava ruidosamente. Doutor Celso observava o termômetro. Depois, levantando com os dedos as pálpebras do menino, examinou-lhe as pupilas.

— Agora — disse o médico —, procure sentar-se. Vamos! Faça um esforço.

Segurou-lhe as pernas à altura da coxa para impedir a flexão dos joelhos. Maneco fazia um grande esforço. A testa estava perlada de suor. A cabeça, semilevantada, caiu sobre os travesseiros.

— Não posso... Não posso...

— Sente-se agora.

O médico retirou as mãos que prendiam as pernas do menino. O doentinho sentou-se, com os joelhos dobrados, a cabeça hirta.

— Vai me levar para junto de seu Imaki?

Sorria. Seu olhar dançava, desvairado. De repente, sua fisionomia contraiu-se. Os vômitos recomeçaram. Depois serenou. Parecia dormir e respirava sempre muito alto. Doutor Celso disse a Firmiana:

— Seu irmão está mesmo muito doente. Precisa ir para um hospital.

A mãe começou a chorar alto. O pai e as crianças aproximaram-se lentamente, como que amedrontados.

— Está muito mal, é mesmo muito difícil curá-lo... Mas aqui é impossível.

— Ponho nas suas mãos e nas mãos de Deus — disse Firmiana.

E a mãe acrescentou:

— Pra Deus nada é impossível.

Minutos depois, doutor Celso carregava nos braços o doentinho envolto nas cobertas. Dirigiu-se a Firmiana:

— Deve ir comigo para segurá-lo.

Letícia surgiu.

— Por favor, doutor Celso, deixe-me ajudar...

Sentou-se no banco de trás do automóvel. Doutor Celso deitou o doentinho com a cabeça no colo de Letícia. Maneco gemia baixinho. A moça, com gestos cautelosos, procurava preservá-lo dos abalos do caminho.

A mãe, o pai, Ditinho, Rosa, Firmiana... Lá ficaram eles para trás, sumidos na estrada, no pó.

11

— Não precisa fazer nenhum esforço. Fique calma, natural. Assim... As mãos cruzadas... Não curve os ombros. Erga a cabeça...

Ali estavam a modelo e o pintor. Elza, com o *tailleur* marinho e a echarpe azul-celeste cobrindo-lhe os cabelos, sentada numa poltrona, no terraço, tinha o rosto batido de luz. A convalescença emprestava-lhe à fisionomia um aspecto etéreo, e as mãos pareciam mais finas e brancas.

Flávio sentara-se na banqueta, armara a tela. Franzindo a testa e mordendo o lábio inferior, fazia, com uma espécie de sofreguidão, o esboço da obra. Trabalhou alguns minutos, num recolhimento fervoroso. Elza estava calma, abstrata. Tudo era claro: a música distante de uma vitrola, que o vento trazia em lufadas, o caminho aberto diante de sua vista, com as pereiras cobertas de uma brancura mágica... Que música seria aquela? Parecia sacra. Prestava atenção, e a melodia se desfazia, sumia no ar, incoerente, e depois voltava grave, ampla, clara...

Elza agora olhava Flávio, interessada pela paixão com que o moço se entregava ao trabalho. Viu Belinha aparecer por trás da cabeça do pintor. Era uma visão branca e silenciosa. Belinha acompanhava com o olhar a mão nervosa, de dedos curtos e avermelhados, que se movia pela tela. Belinha de branco, tão branca... A música voltou nítida agora, num final glorioso. Belinha que não se movia, atenta. A luz... Tudo branco.

— Estou tonta... — disse Elza.

Sua cabeça pendeu. Flávio e Belinha correram. Elza abriu os olhos, imediatamente.

— Cansada. Cansada de ficar imóvel...

— Venha deitar-se, Elza. Assim, encoste-se no meu ombro — disse Belinha.

— Não é preciso, vou só.

Elza ria, já deitada.

— Não foi uma vertigem! Foi uma impressão esquisita que nunca poderei explicar. Deve ter sido efeito da imobilidade exagerada...

— Sou um bruto, perdoe-me. Não devia tê-la forçado a ficar tanto tempo imóvel. Veja, Belinha, como tem as mãos frias, frias... Vou chamar dona Sofia!

— Não precisa, Flávio. Elza está bem. Você está bem, não está? — perguntou com voz apreensiva.

Elza sentou-se na cama.

— Estou bem, já disse, e pronta para começar a ajudar nos preparativos.

Belinha voltou-se subitamente para Flávio:

— Sabe que vou dar uma festa?

— Já sei. Quem ignora, aqui em Abernéssia, sua festa? Mas o doutor Celso — disse, malicioso — concordará com isso?

— Acho que já consegui seduzi-lo. Prometi muito juízo.

Elza interveio:

— Não há razão para que o doutor Celso proíba a festa. Você, Belinha, pode considerar-se curada! Parou com os pneus e, desde que cheguei, nunca tossiu nem teve febre.

Belinha encaminhou-se para a janela, quedou-se pensativa, mirando a paisagem iluminada por um sol vivíssimo. Voltou-se. Agora olhava para Elza e Flávio com um incontido desejo de entrar em confidências. Apoiou os cotovelos na janela. Estava cercada de luz.

— Estou ficando boa. Por que não hei de dizer que estou curada? Sinto-me tão alegre, tão bem-disposta! Só tenho pena de não poder ver ninguém de casa no dia quinze. Tanto sacrifício fazem eles por minha causa... Mamãe já gastou tanto dinheiro comigo, com minha doença, e ainda manda para a festa... Se vocês soubessem como é bom lá em casa! Queria que vocês vissem a alegria, as risadas nas horas das refeições. Às vezes, fecho os olhos e "ouço" o riso de cada um. É como me lembro deles... Sou muito tola, mas não tenho culpa. Acostumei-me a dizer qualquer coisa que me viesse à cabeça, qualquer bobagem, e ouvir as risadas de todos... Quando adoeci com a pneumonia, e depois fiquei tão fraca e abatida que não tinha forças para andar, eles me carregavam no colo pela casa toda. Fazia tanto tempo que não me levantava que queria ver tudo. Eles ficavam enciumados com o Chicão, porque eu dizia sempre que "era o mais confortável". Passeava comigo pela casa-grande. Íamos ver a cozinha, eu encomendava coisas gostosas para a cozinheira; mamãe diz que meu apetite me salvou. Depois íamos ver a ninhada de gatos... Você sabe, Elza, que Dom José veio lá de casa? Nas manhãs quentes, ia passear no jardim e levava migalhas para o meu viveiro. Tinha uns cinquenta passarinhos! Quando melhorei, fiquei com mais forças, tive de vir. Era tudo tão triste que eu, na mesa, só olhava para o meu prato. Ninguém ria mais... — À medida que Belinha falava, sua voz se tornava mais velada, descia um tom. — É bom um lar! — disse por fim, muito baixinho.

— Mas você tem um lar em toda parte. Você toma conta logo da gente — disse Flávio. — Quando fez aquela crítica ao meu trabalho, adotei-a imediatamente.

— Chamou-me de criança! Com franqueza, digam, por favor: com um pouco de ruge e um vestido de baile, já sou uma moça...

— É — disse Elza, com cômica gravidade. — Pintada como moça, pode até conquistar o Flávio... de outra maneira...

— Ah! Isso seria impossível, Elza, porque... ele já foi conquistado. Mas hei de ter um dia um namorado. Será alto, forte e bonito. Poderá pintar, como o Flávio. Andaremos juntos por lugares lindos, e ele me perguntará de vez em quando: "Gosta daqui?". Eu me sentarei a seu lado e daí a pouco levarei alguma coisa daquela beleza comigo. Às tardes, quando passeio pelas linhas do trem, vejo tantos casaizinhos, tantos namorados! Parecem tão felizes... Sem querer, vou pensando: "Um dia alguém descobrirá que não sou mais uma menina. Olhará bem no fundo dos meus olhos... E eu terei um orgulho, uma alegria...".

Flávio e Elza riram.

— Que ideia vocês estarão fazendo de mim... — disse Belinha, subitamente preocupada.

Flávio tomou-lhe as mãos. Olhou a menina, franzindo o canto dos olhos, como fazia quando fixava atenção:

— Não acreditava em anjos. Mas, agora, achei um. Que é que você está fazendo no meio da gente? Por que é que você está aqui?

12

Dia de feira em Abernéssia. A pequena vila estava movimentada. Cruzavam os automóveis, levantando uma poeira branca e fina. Gente de Capivari e cercanias, gente de Vila Jaguaribe vinha fazer suas compras. Ao redor do pavilhão do Mercado era grande a animação, pois a feira transbordava, e inúmeras barracas e tendas eram armadas ao ar livre.

Ali vinham negociar e expor suas mercadorias roceiros vindos da fronteira de Minas, gente de São Bento do Sapucaí e Itajubá, caboclos do Retiro e do Centro, japoneses plantadores da Serra.

A algazarra era grande. Um pouco adiante, transpondo as linhas do trem, num espaço destinado ao jogo de basquete, esperavam pacientes, atormentados pelo sol e pelas moscas, os pobres cavalos esfalfados.

Saindo do Mercado, Elza, Belinha, dona Sofia e Letícia, seguidas por Firmiana, sobraçavam quantidade de pacotes. O aniversário da menina era no dia seguinte, e por isso as compras eram numerosas. Mas as moças já se desfaziam delas, para entregá-las a um carregador. É que Belinha queria ir à igreja.

Subiam as três a rua, entre projetos para a festa. De repente, Letícia estacou, puxando Elza pelo braço.

— Olhe só aquilo!

Elza, a princípio, não os reconheceu. Um homem corpulento, que andava agitando os braços, com a cabeça curva, e um rapazinho carregando grande número de embrulhos.

— É Lucília... — disse, pasma, por fim. — Lucília com aquele homem, aquele escritor!

Mas Lucília, que cruzava agora com as companheiras, baixou o rosto sobre os pacotes, enquanto o homem, que trazia as mãos livres, se deixava ficar para trás, como alguém que não tem pressa.

As três estavam imóveis. O homem passou rente a elas e as olhou.

— Ah! — fez ele, com uma espécie de continência, num gesto absolutamente único, com os dedos abertos junto da cabeça.

— Bom dia — disse Elza.

Lá foram os dois, descendo.

— Vocês já viram uma coisa igual?

— Lucília, justamente Lucília, quem diria, servindo a esse homem, como uma criada — disse Elza.

— "Justamente Lucília..." — Letícia repetiu as palavras, como alguém que se desfaz de um peso. Com um suspiro de alívio.

Já estavam agora diante da igreja. Belinha entrou primeiro, de mansinho, e ajoelhou-se diante do altar-mor. Elza colocou-se junto a ela e esforçou-se para rezar. Fugia-lhe, porém, a devoção, e a moça pensava que a igrejinha, com os lados envidraçados, era muito cheia de luz, muito destituída de mistério.

— Estou rezando à minha padroeira, Santa Isabel — disse a menina. — Era dona da igreja, mas agora é Santa Teresinha.

Belinha levantava os olhos para sua protetora. Elza via-lhe o perfil tão puro, banhado da graça inigualável de uma rara e natural candura. Os lábios moviam-se num sussurro contínuo.

— Obrigada! — disse a menina, alto.

— Vamos, Elza!

Letícia postava-se diante da imagem de Santo Antônio, rezando fervorosamente. Elza esperou com Belinha que a amiga terminasse a oração. Pensava em suas rezas de menina, ensinadas por dona Matilde, nas promessas de dona

Matilde para que ficasse boa. Pensou em Osvaldo, com uma impressão confusa e desagradável, que não podia precisar.

No fundo, um pequeno órgão começou uma ingênua música sacra. Vozes infantis, em ensaio, elevaram-se, animadas e agudas. Àquela hora, a igreja estava quase vazia. Apenas umas quatro ou cinco mulheres pelos bancos.

Saíram. Belinha andava entre Letícia e Elza, segurando-as pelo braço.

— Vim agradecer... Sinto-me contente como uma noiva na véspera do casamento!

Elza disse:

— Uma noiva que se vestisse de rosa...

E, de repente, olhando a menina que ria alto e sonoramente, sentiu uma frieza pungente e inexplicável.

13

Doutor Celso desceu do novo e elegante carro e fechou a portinhola. Um rosto risonho e moreno apareceu, com os dentes luzindo na pálida claridade noturna. Esteve alguns momentos em conversa, depois se despediu, beijando a mão gordinha, redonda e escura que pendia molemente do lado de fora.

Enquanto o automóvel desaparecia numa nuvem de pó, doutor Celso entrava na pensão de dona Sofia. Seriam nove horas. Um arranjo meticuloso fizera desaparecer o aspecto habitual e familiar aos olhos do médico.

O terraço, fechado por toldos de lona, abrigava uma dezena de convidados, e em toda a sua extensão subia uma folhagem verde, luzente e variada. Flores de pessegueiros, galhos inteiros cobertos de flor rósea e mimosa, subiam pelos cantos e pendiam do lustre que iluminava tudo fortemente.

À chegada do médico, Lucília levantou-se do banco onde estava em conversa com Flávio e outro rapaz e correu a seu encontro.

— Está linda, meus parabéns! — disse ele, não sem uma certa malícia no olhar.

Lucília vestia uma toalete de cetim negro, pesado, e tinha uns incríveis brincos de brilhantes, imensos, presos às orelhas, que apareciam bonitas e brancas. Lucília, desta vez, excepcionalmente, penteara o cabelo, alisando-o, levantando-o no alto da cabeça.

— Gosta mesmo?

E como o médico balançasse sempre a cabeça, numa afirmativa gentil e risonha, Lucília puxou Flávio pela mão.

— Está aí. Você diz que eu estou medonha, mas o doutor Celso logo que me viu foi me elogiando...

Flávio cumprimentou o médico e disse:

— Lucília de vestido preto e brincos de vampiro... Francamente. Não lhe parece esquisito? Está bem. Não está feia, mas já me habituei a vê-la com aqueles cabelos despenteados e aqueles calções...

— É para que não se esqueçam de que sou mulher...

Os brincos faiscavam, dançando.

Firmiana chegou toda vestida de azul-claro, com um avental engomado e duas rodas de carmim nas faces. Trazia uma bandeja com refrescos. Ao passar pelo médico, olhou-o franzindo a testa e perguntou baixo e nervosamente:

— Doutor, como vai o Maneco?

Doutor Celso olhou-a com bondade.

— Não está pior. Está como o viu ontem. Naquele mesmo tratamento, com gelo na cabeça.

A bandeja oscilou. Firmiana, com os olhos brilhantes, com umas lágrimas que se envergonharam e não quiseram descer, perguntou:

— O senhor toma uma laranjada?

Lucília estava mesmo muito feminina essa noite. Acercou-se do médico:

— Tome, doutor Celso. Esses copos... deste lado, não é? São gelados. Para o senhor, a dona Sofia... e o Flávio, quem sabe?, também pode tomar. Para os outros, com água... quente. Deixe ver um, Firmiana!

Gumercindo levantou-se do banco, aproximou-se e tirou um copo da bandeja. Firmiana baixou os olhos. Suas faces vertiam sangue. Doutor Celso correu o olhar em torno. Figuras risonhas, quase todas de moças e rapazes. Conhecia a todos. Doentes de pensões vizinhas.

— Onde está a aniversariante?

— Está com Elza, no quarto. Veste-se há uma hora...

— E Letícia?

— Prepara-se para o seu número.

— Vamos ter teatro? Lucília, venha me mostrar a sala.

A moça acompanhou o médico.

— Tenho-lhe aberto os olhos... Vejo que é só e por isso não quero abandoná-la. — A expressão do doutor Celso era fechada, severa. — Se continuar nesses passeios, avisarei a Sofia.

Lucília ficou séria uns momentos.

— Ah, era o doutor, aquele que passou com a Olivinha...

— Isso não vem absolutamente ao caso. Refiro-me aos seus passeios.

Lucília baixou os olhos.

— Hoje é um grande dia para nós... Por favor, não o estrague com zangas...

Entraram na sala despida de móveis, cheia de gente, de risos, de animação. Lucília mostrou o quarto de Elza com a porta aberta, quase vazio, tendo apenas uma grande mesa de doces no fundo, junto da janela. Por toda parte, subia a florada de pessegueiro, enchendo a casa de primavera.

— É pena — disse o doutor Celso — que se sacrifiquem tantas frutas, ainda que o efeito seja tão lindo...

— Foi o maluco do Flávio que despiu quase uma árvore inteira da casa dele. Ofereceu-nos as flores de uma pereira, mas hoje é um dia cor-de-rosa, aqui não queremos nada branco!

Dona Sofia chegou atarefadíssima junto do médico.

— Por favor, preciso fechar a porta.

— É o palco... Vamos, doutor Celso.

Turquinha, muito pintada, em toalete de baile, passou com aquele seu jeito de avezinha doente, carregando nos braços uma pequena vitrola, e entrou, misteriosa, no quarto.

Um burburinho correu pela sala. Todos procuraram colocar-se diante da porta. A música nostálgica e enervante do "St. Louis Blues" fez-se ouvir. As duas folhas se descerraram. Letícia, com o rosto tisnado, parecia uma negra. Estava ajoelhada no chão, trazia um lenço riscado na cabeça, e uma saia imensa e florida se derramava em torno dela. Tinha uma linda voz. Era cálida, cheia, vibrante.

Doutor Celso ouviu, admirado a princípio, depois satisfeito. Pensava no belo caso que Letícia representava, com a cura que se vinha patenteando.

Ela cantava sempre, e sua voz agora era como que torturada, angustiada. Do lustre, caía uma luz velada e azul.

Letícia terminou, curvou a cabeça. A assistência prorrompeu em aplausos. Ela ria, agradecia. Os seus olhos, com dois círculos brancos, riam também e procuravam ansiosos os aplausos do médico. Ali estava ele, bem perto, risonho, aplaudindo...

Letícia preparou-se para o segundo número. Turquinha, invisível, colocou uma toada do Norte na vitrola. Novamente, a voz da moça, serena, pura e melodiosa, subiu. Uma modinha brasileira. Letícia tinha a voz triste e escolhera bem. Choravam nela lembranças de escravidão, separações, distâncias, desenganos...

Palmas, palmas novamente. A atriz improvisada saudou o público. Fechou-se a porta.

Pelos cantos, pelas cadeiras, para o terraço, dissolvia-se a assistência. Elza encostou-se negligentemente no fundo florido do terraço. Vestira, afinal, o vestido lilás... Flávio murmurava-lhe elogios. Ela estava de pé, mas como que reclinada, apoiada à parede coberta de folhagem. Diante dela, com aquele olhar intenso, Flávio, alto e elegante, aparecia-lhe sob um novo aspecto. Via-a apenas, e a sua insaciável admiração se lhe estampava no olhar. Mas Elza, desviando, ruborizada, os olhos, divisou no fundo do terraço um casal unido num longo beijo. Reconheceu uma amiga de Turquinha, a loura Zizi. O beijo se prolongava de maneira enervante, e as mãos de Zizi afagavam os cabelos do rapaz, que cruzava as suas na esbelta cintura da jovem.

Elza viu, como se fosse pela primeira vez, a boca de Flávio. Tinha lábios um pouco grossos. O superior avançava e fazia pensar em gula. Uma boca um pouco descorada, ligeiramente gretada pelo frio. Mas uma boca máscula e desejável. Envergonhou-se da descoberta. Flávio parecia sentir o olhar da moça, porque mordeu nervosamente o lábio. Sua mão tocou ligeiramente o braço nu de Elza, que tremeu como se sentisse frio.

— Vamos entrar?

Cruzaram com doutor Celso, que voltava ao terraço com Letícia. Esta apenas lavara o rosto, conservando a fantasia que lhe dava qualquer coisa de picante. O médico gabou-lhe a voz, sem reservas. E depois disse:

— Mais alguns meses para consolidar a sua cura e poderá voltar para casa. Até mesmo agora, se não fosse péssimo o tempo em São Paulo, agora mesmo poderia descer.

Letícia ficou séria e depois abordou outro assunto. A doença do Maneco. O médico considerava desesperador o estado do menino.

— Forma meníngea. Que podemos esperar? O doentinho é de uma bondade extraordinária. A irmã Lúcia tem-se afeiçoado a ele. Você tem bom coração, Letícia. Gostei de ver o seu interesse por esse pobrezinho! — Depois, continuou como se falasse para si mesmo: — Sou médico do Dispensário, mas considero, por um lado, a sua obra verdadeiramente criminosa. Aí está o Sanatório Infantil cheio de crianças contaminadas pelos doentes do Dispensário. Em todas essas casas miseráveis dos arredores abrigam-se hóspedes como aquele japonês na casa do Maneco. Pagam uma ninharia e vivem na maior promiscuidade com a família dos caboclos... Ou o governo dá leitos a esses doentes, ou deve fechar o Dispensário.

Doutor Celso falava convicto, e Letícia, que se sentava com ele no banco, movia o rosto, cheia de admiração, abrindo os olhos, que faiscavam meigos e negros.

Doutor Celso lembrou-se da aniversariante.

— Onde está Belinha que não apareceu? — perguntou novamente.

— Levou horas fazendo a toalete. Parece uma louquinha de alegria!

Aos ouvidos do médico e de Letícia, chegou o som de uma valsa vienense. Risos, animação. Palmas que se repetiam, marcando o compasso. Doutor Celso, curioso, queria levantar-se. Letícia disse, quase implorando:

— Fique aqui. Lá está tão abafado!

A valsa foi repetida, sempre sublinhada pelo compasso que as palmas marcavam.

— Não, Letícia. Preciso entrar, ainda não vi Belinha e tenho que ir logo.

Entraram. Fazendo roda, moças e rapazes risonhos marcavam a cadência, e alguém dançava. Doutor Celso rompeu o círculo. Uma nuvem cor-de-rosa passava e repassava num rodopio constante. A saia de gaze rosa adquiria vida, a vida de uma mariposa fascinada e revoluteante. Brilhando à luz intensa, coberto um segundo pelas mangas esvoaçantes e logo desnudado, o semblante de Belinha aparecia todo rosado, numa expressão mística ideal.

Segundos mais, doutor Celso avançou para a menina. As palmas emudeceram. Belinha estacou. De repente, fez-se branca, muito branca, de rosada que estava. Parecia que ia falar, cambaleou... Ia falar?

Um jato rubro lhe desceu da boca, inundando o vestido. Doutor Celso tomou-a nos braços. A hemorragia tinha algo de brutal, de incrível. O sangue escorreu até o chão.

Um silêncio se fez na sala.

Ali estavam aquelas criaturas que viviam, havia pouco, momentos de esquecimento, face a face com a moléstia que morava em todas elas... Ninguém se moveu. Olhos esbugalhados, trêmulos, o espetáculo que havia pouco lhes servia de animação transformou-se no mais tenebroso agouro.

Doutor Celso procurou com o olhar alguém, algum auxílio.

Todos trêmulos, apavorados... "Nem você, Elza, terá coragem? Nem Letícia, a boa e interessada pelo Maneco? Nem Flávio... nem ninguém?"

Doutor Celso procurou levar com cuidado a menina desfalecida. Alguém se aproximou, levantou do chão a gaze empapada de sangue, segurando as pernas de Belinha.

Um grito histérico reboou pela sala. Zizi desmaiou. O círculo humano se quebrou. Doutor Celso levou para o quarto, ajudado por Lucília, o corpo ensanguentado da menina.

14

Foram-se todos. Todos fugiram. Um grande pânico invencível. Ninguém esperou. Ninguém quis esperar, saber se Belinha estava melhorando ou se estava morrendo. O essencial era que fugissem dali, esquecessem depressa aquela cena. Aquilo era um chamado bárbaro, um grito agudo à realidade. Oh, esquecer essa voz, esquecer essa realidade!

Elza ficou sozinha uns minutos no terraço, que lhe pareceu imenso e trágico, todo forrado de folhagem verde como uma floresta à noite, quando se receiam fantasmas.

Flávio despedira-se por último. Diminuíra como os outros. Estava envergonhado como os outros, como uma criança a esperar um castigo. Dava-lhe Elza, agora serenamente, a sua compreensão e simpatia. Aquela fraqueza, aquele pavor comum — não estava ela agora sem coragem de enfrentar Belinha? — eram um traço de aproximação, alguma coisa como se pertencessem ambos ao mesmo clã, à mesma sociedade.

Ouviu o ruído dos últimos automóveis que se distanciavam. Depois veio uma quietude trágica. Em torno da luz, que vinha de um jato de dentro da massa verde de folhagem, uma mariposa procurava ansiosa e rápida o seu fim deslumbrado.

Veio a Elza, aguda e física, a lembrança de Belinha, daquela valsa que era um sonho, que era uma visão, que tinha a beleza do momento que passa e se perde, de tudo que é belo e tem de acabar.

A sala morta... Aquela florada de pessegueiros que cobria tudo de primavera... No chão, pisadas, muitas flores. Estavam ensanguentadas também, morrendo.

Quis esconder-se no quarto, como um animal, o primitivo que procura um refúgio com medo da morte. Mas Belinha estava ali também. Ali estava a mesa de doces com a história de todos os trabalhos e cuidados que tomaram, esperando dessa festa qualquer coisa de grandioso...

Não. Não podia ser assim. Tinha de lutar, lutar contra essa covardia, esse pavor estúpido e animal.

Já estava diante da porta de Belinha, torcendo o trinco. Letícia, sentada a um canto, cobria o rosto com as mãos, e sua saia se esparramava, florida, gritante. Em outra cadeira... ah, precisava reagir, precisava ver... estava o "vestido de noiva cor-de-rosa" dilacerado, empapado de sangue, como uma grande flor esmagada, pisada.

Ali estava o leito esmaltado de branco do quarto tão alvo de Belinha. Pelo poder de sugestão, por tudo que esse leito representava agora de ameaçador, de terrível, parecia-lhe que estava deformado, aumentado, que ia ocupando todo o quarto e que nunca mais seus olhos hipnotizados poderiam fugir dele...

Belinha! Estava com a cabeça alteada sobre os travesseiros, com os braços e as pernas apoiados em travesseiros menores. Doutor Celso, com os cabelos em desalinho, as mangas sujas de sangue, arregaçadas, tomava das mãos de dona Sofia uma bolsa de gelo, trocando por outra à altura do coração. Uma toalha, já maculada por aquele vermelho vivo e brilhante, a cor heroica, bela, gloriosa, do sangue fresco, cobria a boca de Belinha, e nos olhos da menina, abertos e redondos, havia um grande espanto. "Então era isso?", pareciam perguntar. Seus olhos eram os de uma criança que desperta, surpresa, num lugar desconhecido.

Lucília chegou com uma seringa de injeção já cheia e a apresentou ao doutor Celso, que nervosamente picou a doente.

— Vamos ver se cede... Meu Deus, meu Deus, já era tempo... — disse, contraindo a fisionomia, com um aspecto de velhice e cansaço. — Mude o saco quente dos pés, Lucília!

Lucília veio como uma sonâmbula, com o rosto sem expressão, e trocou a bolsa.

Então, sobre a alvura dos lençóis, como um espectro, peludo, eriçado e negro, Dom José apareceu num salto. Suas pupilas dilatadas corriam pelos presentes, indagadoras e desconfiadas. Lucília fez menção de apanhá-lo. O gato correu, subiu quase junto da cabeça da menina. Aquela mancha negra imobilizou-se. Dona Sofia estendeu o braço, apanhando-o bruscamente.

— Belinha não quer que tire — disse Elza, aflita. — Belinha está dizendo...

Então a toalha escorregou pelo colo da menina, e o caudal vermelho rompeu de novo, inundando tudo. Suas mãozinhas, apoiadas, subiram, subiram para alcançar as de doutor Celso, de pé junto dela. Subiram crispadas como as de um náufrago que procura agarrar um último auxílio. Tudo nela gritou pela vida, delirantemente, até o fim. Seus olhos falavam, alucinados, da luta que queriam vencer. Seu corpo encolheu-se todo como um animalzinho ágil que vai saltar, que vai transpor algum obstáculo. Depois, soltas, relaxadas, as mãozinhas caíram e se imobilizaram.

Alguma coisa, com uma estranha nitidez, espalhou-se por ela toda, por sobre aquele rosto, cuja boca sorria um sorriso sangrento.

Doutor Celso caiu de joelhos junto da cama, deitou a cabeça sobre o coração de Belinha e voltou depois um rosto desvairado, atônito, para Lucília e Elza.

— Está morta!

15

Vestiram-na de branco. De branco novamente, de branco para sempre. E como uma santinha, no caixãozinho alvo, nívea e pura, Belinha não causou mais medo a ninguém. Quatro círios enormes luziam trêmulos, e, saindo dos véus, sua carne era opalescente, com um brilho que parecia vir do seu interior. Dava vontade de tocá-la. Os olhos fechados sombreavam o rosto de um azul muito claro. E era a única, essa pequena sombra. Porque Belinha se tornara luminosa depois de morta.

Flávio despiu a pereira florida do seu quintal. E, enlaçadas, agora, as florezinhas de neve caíram em guirlandas até o chão. Brancura, brancura imaculada!

A casa aos poucos se encheu de novo.

"Que linda!", diziam extasiados.

Elza dormira pela madrugada, agarrada a Letícia; Lucília ficara de pé o tempo todo. Ajudara a lavar, a vestir Belinha, e chorava sem ter o cuidado de enxugar as faces, com um pranto inexpressivo, como se não ligasse importância às próprias lágrimas, que corriam sempre.

Dona Sofia tomou a menina nos braços, penteando-a com uma doçura maternal, como se tivesse pena de Belinha, de puxar os cabelos sem querer e magoá-la...

De manhã, a vizinha, mãe dos gêmeos, apareceu. Olhava desconfiada para todos como se tivesse feito mal em vir. Ajoelhou-se diante da morta e disse baixinho a Turquinha:

— Era tão boa para mim, e me fazia tanto bem vê-la sempre alegre, sempre rindo! Esquecia-me de tudo de mau na sua presença. Nem era preciso falar... — Sua voz, mais baixa ainda, era rouca. — Sinto-me desprotegida...

Turquinha disse, pensativa:

— Fazia bem a todos sem saber, sem querer. Foi por isso...

Mais tarde, doutor Celso apareceu, muito pálido. Olhou Belinha longamente. Seus olhos inundaram-se. Elza, que vinha entrando, atirou-se soluçante em seus braços.

— É triste — disse o médico. — Queria-a como a uma irmãzinha. E não a pude prender. Escapou-nos. Foi uma grande derrota... Custa-me acreditar!

Dona Sofia telegrafou à família. Tão longe! Nunca mais tornaria a alegria àquela casa, nunca mais o Chicão a levaria no colo para ver os passarinhos.

Em torno da mesa, Dom José passeava, desejando, quem sabe?, o habitual aconchego. Nunca mais aquelas mãozinhas macias o acariciariam, nunca mais ele faria passeios com ela...

Faltava a todos, sem nunca ter feito nem dado nada aos outros... Faltava por ela mesma, porque Belinha era um bem.

À tardinha, saiu o cortejo. Uma meia dúzia de automóveis. Letícia e dona Sofia foram com doutor Celso. Lucília e Elza ficaram. Lucília andava agitada pela casa deserta. Por duas vezes acercou-se de Elza e apertou-lhe o braço, olhando-a sem dizer nada.

Elza lembrou:

— Vamos sair?

Lucília passou-lhe o braço pela cintura, e saíram unidas como duas irmãs.

Escurecia. As árvores floridas cresciam mais alvas de flor, à beira da estrada. Havia um grande cansaço, que caía do céu sobre todas as coisas.

Subiram pela estrada, abraçadas, o passo cadenciado, a respiração que encurtava à medida que iam chegando ao alto.

Agora já estavam, unidas, com o olhar perdido na montanha oposta, na linha negra dos ciprestes que eriçavam o morro. Por trás deles, Belinha estava, por trás deles, Belinha desaparecia. A terra estava ocultando, profanando alguma coisa que não é como nós, que não é carne, que é de um anjo, mas que ela devora, porque tem a aparência humana, que deve perecer.

— Sabe? — disse Elza, e sua voz quebrada doía em Lucília. — Aqui estive com ela, neste mesmo lugar. Trazia, lembro-me tão bem!, Dom José ao colo e me disse, apontando para lá... Como me recordo de suas palavras uma por uma! "Eu nunca tive medo. Custo a imaginar que aquilo é o cemitério. Veja você aquelas árvores no alto da montanha, parece que nasceram com a paisagem... fica tão bonito! Verde-claro da montanha, lisa e brilhante. E depois a linha verde-escura dos ciprestes. E esse azul-profundo, imenso..." Como me lembro!

Mas era a hora da paz da tarde, e as duas, que se sentavam agora sobre a relva, à beira da estrada, contemplando a montanha que aumentava e escurecia, recortando um canto do céu, aos poucos se sentiram penetradas por uma grande suavidade.

16

Durante alguns dias o quarto de Belinha ficou fechado. À noite, Dom José arranhava a porta e nela esfregava o dorso. Depois, andava sem destino pela casa toda. Saía para o frio lá de fora, e seus miados davam arrepios.

Afinal, por uma ensolarada manhã, quando as moças estavam em passeio, dona Sofia entrou com Firmiana no quarto. Abriu a janela que veio destruir o mistério daquela sombra da morte, que ali persistia e que causou a Firmiana, ao entrar, um estranho aperto na garganta.

Belinha tinha juntado a um canto do armário toda a roupa que não iria mais vestir, logo que o colorido enxoval chegou. E, ao vê-lo intacto, cheio de sachês perfumados, bonito e cuidado como o de uma noiva, dona Sofia sentiu romper-se qualquer coisa dentro dela. Juntaram tudo. A roupa, algumas joias de pequeno valor, algumas fotografias de Belinha, sempre com aquele riso iluminado. Firmiana chorava ruidosamente, e seus seios subiam e desciam dentro da chita.

— Deixe de exageros, menina — disse dona Sofia, que fazia um esforço enorme para conter-se. Arrumaram tudo, vagarosamente, piedosamente, dentro de uma grande mala, que arrastaram para fora do quarto. Firmiana limpou os móveis, espanou as paredes. — Deixe abertas a janela e a porta — ordenou dona Sofia.

O sol entrava, com bolas amarelas que dançavam na parede branca. O lustre, impelido pelo vento, movia-se de um lado para outro, compassadamente. O vento, o sol...

Lucília, Elza e Letícia estiveram paradas alguns instantes à porta. Sim, Belinha se fora.

Um dia, na mesa que aumentara com o lugar vazio, dona Sofia falou que em breve teria de alugar o quarto de Belinha. Ninguém disse nada, mas Lucília acercou-se mais tarde da dona da pensão, com um carinho esquisito e novo na voz, e pediu que não fizesse aquilo. Não queria ver ninguém tomar o lugar dela... E ajuntou, rapidamente, como se tivesse vergonha:

— Quero pagar a parte dela. Posso pagar sem que isso represente sacrifício.

Dona Sofia não aceitou. Aquilo era perigoso, aquela lembrança da morta. Era perigoso até para ela, aquele quarto vazio.

Letícia lembrou-se de Turquinha, pensando em Moacir, que tanto desejava a noiva em sua companhia.

Turquinha fez a mudança uma tarde. Trouxe uma quantidade de vidros de remédio, livros de versos, retratos de Moacir. A tarde estava parada. Nem o mais leve sopro no ar, que parecia morto.

Quando Turquinha, ajudada por Letícia, terminou suas arrumações, era hora do jantar. Veio para a mesa sentindo-se um pouco intrusa, com um sorriso tão tímido que dava pena de ver. Todas estavam um pouco confusas, e Lucília punha nela uns olhos carregados de antipatia. Letícia arriscou algumas palavras que se perderam, se esvaíram, no ambiente.

Quando estavam terminando o jantar, ouviram de repente o fragor da chuva que desabava, maciça.

Era triste trocar Belinha por Turquinha, toda torta, toda vulgaridade. Dava pena, mas tinha de ser.

Tudo recomeçou. Flávio continuou o retrato de Elza com um interesse nunca esmorecido. Turquinha vinha examinar o trabalho e fazia mil perguntas tímidas. Sentia-se diante de todos como se estivesse ali de favor.

Lucília sumia cada vez mais. Emagrecia e se queixava todas as manhãs dos miados de Dom José. Letícia procurava dedicar-se à nova companheira, a interessar-se pelos trabalhos de Turquinha, pelos sapatos de lã de Moacir. Elza melhorava apesar de tudo, malgrado o frio e a neblina que lhe invadiam a alma. Doutor Celso, paciente, mostrou-lhe um dia várias radiografias suas. Não havia dúvida, ficaria boa.

Mas tudo agora tinha um sentido diferente. Não fazia mais planos. Osvaldo, dona Matilde, o lar distante, tudo parecia ter perdido a significação, ter recuado ainda mais. Havia grandes silêncios entre ela e Flávio agora. Adquiriram o hábito de passear juntos. Saíam para os grandes espaços, para as ascensões, cada qual com um caminhar diverso de sentimentos e ideias.

Os pessegueiros, cansados, pendiam pesados de flores em volta dos bangalôs, que se fechavam sobre intimidades. As pereiras embranqueciam, enriqueciam lugares solitários.

Uma tarde, subiam uma rampa. Sons rebentavam perto deles, como castanholas. O ar entrava como uma carícia, com um perfume que não se sabia de onde vinha. Talvez dos pinheirais, talvez da florada dos pessegueiros.

Elza escorregou, assustou-se. Flávio amparou-a em seus braços, e por instantes ficaram trêmulos e pálidos.

17

Lucília agora era senhora daquelas paragens. Com passos decididos e assoviando qualquer coisa alegre, parou no pequeno bosque, logo à entrada, diante de uma figueira. Lá estava um ninho de passarinhos e dentro a mãezinha paciente. A moça coçou a cabeça cheia de pequenos fragmentos secos de folhagem e da poeira da viagem, que era bem longa, apesar de já estar acostumada. Logo, recomeçando a assoviar, desceu a pequena encosta com as mãos nos bolsos.

A casinha rústica estava aberta. Lucília entrou de mansinho. O escritor sorriu ao vê-la.

— Boa tarde, Lucília — foi dizendo, amável. — Estava sem saber o que fizesse, não escrevi nada hoje.

— Foi bom eu ter vindo, não é? — E com um muxoxo: — Um dia já me quis expulsar daqui...

O homem abriu os braços preguiçosamente. No peito, o pijama abriu. Era muito branco, com uns pelos ruivos.

— É natural que eu tenha sido um pouco rude com você... Era do meu programa. Parecia-me que, se não ficasse só, não poderia nunca escrever esse livro...

Lucília deu-lhe as costas, entrou na cozinha como dona da casa e gritou lá de dentro:

— Você comeu todo o presunto?

— Não. Espere.

Buliram juntos nas provisões, nas latas, no amontoado de panelas.

— Achei — disse Lucília triunfante. — Agora, passe-me o pão...

Fez rapidamente um sanduíche, um pouco desajeitada como era sempre.

— Ai... que fome... que canseira! — Caiu sentada no chão, mastigando com apetite e olhando o homem com um olhar que tinha qualquer coisa de insolente. Ele, vagaroso, sentou-se também e esteve alguns instantes tranquilo, vendo-a comer. Depois arrebatou-lhe o pão e deu uma dentada. Lucília implorou: — Não faça isso, por favor... já lhe disse que... Não tem medo? Não faça isso, Bruno...

Ele devolveu-lhe a última porção do sanduíche, tranquilamente, e olhou-a, viu-a em seu nervosismo, com uma curiosidade calma. Ajudou-a a levantar-se.

— Vim hoje, Bruno, e não saio sem que me explique o que é que está escrevendo...

— Vamos para a sala.

Sentou-se na escrivaninha e riu para Lucília, como fazem os mais velhos com as crianças.

Seriam cinco horas. O tempo esfriara. Pela porta aberta, vinha uma lufada viva e cortante que era uma lâmina fria sobre o ar ainda morno do quarto.

— Espere, Bruno.

Lucília fechou a porta, correu para a lareira e acendeu o fogo com certa sofreguidão.

O homem sentara-se à escrivaninha. Pela janela, batendo as folhas, as frias lufadas faziam de novo sua intromissão. Umas folhas de papel voaram, como tontas borboletas pelo quarto. O homem fez menção de levantar-se.

— Deixe que eu apanho — disse Lucília, que encontrava certo prazer requintado em servi-lo.

Apanhou as folhas de papel, juntou-as em cima da mesa, fechou a vidraça. O fogo estalava. De vez em quando a lenha se movia, fagulhando. Estava tudo fechado. E, aquecido pela lareira, o ambiente tinha uma intimidade envolvente. Do leito em desordem vinha um cheiro bom de carne humana, alguma coisa que dava certa moleza e preguiça. Lucília fez-se pequenina, sentada no chão como gostava, olhando para o escritor.

— Comece, Bruno, estou pronta.

— A ideia de uma fatalidade, Lucília, de uma força cega e inexorável governando o mundo, é antiquíssima e se perde na distância dos séculos. Desde Homero que a noção do destino aparece. Conta ele na *Ilíada* — os olhos de Lucília piscam — que Zeus quer debalde salvar Heitor. Ele pesa numa balança os destinos de Aquiles e de Heitor. Verifica que o troiano deve, necessariamente, ser morto pelo grego. Ele, Zeus, não se poderá opor. Desde esse momento, Apolo, o protetor de Heitor, é obrigado a abandoná-lo.

Lucília sacode a cabeça e fica a ver sobre o tapete os pequenos fragmentos secos de folhagem, que caem dos seus cabelos.

— Você não está prestando atenção. Nem vale a pena continuar.

— Oh, Bruno, por favor...

— A mais conhecida forma da ideia fatalista é o fatalismo vulgar, que foi a crença dos antigos gregos e ainda hoje é a dos muçulmanos. "Todos os acontecimentos da nossa vida se produzem sob o império de uma absoluta necessidade. O que tiver de acontecer acontecerá, inelutavelmente." Heráclito ensinava que no mundo tudo corre e nada fica e aconselhava o homem a resignar-se à ordem universal e a se deixar levar, calmamente, pela onda incessante dos fenômenos. Os estoicos faziam da doutrina do destino um dos fundamentos do seu sistema. Eram materialistas e proclamavam a necessidade das leis do mundo físico. "A força e a matéria não são senão um único ser. Uma se move na outra e com a outra. A força é, pois, como um gérmen, uma semente, que contém antecipadamente todas as determinações, desenvolvendo-as de maneira sucessiva, seguindo as leis da razão." — Lucília, absolutamente sem expressão, balançava a cabeça, concordando. O homem continuava: — Essa força, que traz em si o motivo de todos os movimentos do corpo, é o fogo. Não o fogo grosseiro que os nossos sentidos nos revelam, mas um fogo etéreo que faz gerar todas as coisas com ciência e arte consumadas. O fatalismo panteísta de Spinoza... — Lucília coça amorosamente o braço esquerdo. — ... o fatalismo panteísta de Spinoza refuta o livre-arbítrio *a priori* e *a posteriori*. "Não há nada de contingente na natureza dos seres. Todas as coisas são determinadas, pela necessidade da natureza divina, a existir e a agir de uma certa maneira." Não existe, pois, na alma uma vontade absoluta ou livre. Mas a alma é determinada a querer isso ou aquilo por uma causa que já é determinada por outra, e esta por outra causa, até o infinito.

Lucília estirou-se e disse como quem desperta:

— Acho que foi Voltaire... É, sim, foi Voltaire que disse assim, mais ou menos, não é Bruno? "Se pudesses modificar o destino de uma mosca, nada poderia impedir que realizasses o destino de todas as outras moscas, de todos os animais, de todos os homens, de toda a natureza. Serias, então, mais poderoso que Deus..." É engraçado, Bruno, como foi que guardei isso?

— Você apanhou bem — disse o escritor gravemente, e continuou: — Eu acompanho bem de perto os estoicos. Cada criatura humana desempenha, dentro do círculo que lhe foi determinado, seu pequeno papel no mundo. Todos os dias, nas cidades, cruzamos com milhares de criaturas e não nos ligamos a elas. É porque uma força de isolamento nos preserva. Na aparência caótica das multidões há o nexo dos casais, dos amigos, dos que se encontram e se unem no meio do rebanho dos anônimos e indiferentes. — Lucília notou uma modificação na expressão do escritor, que era agora como que iluminada. — Um cataclismo virá um dia modificar essa harmonia do mundo. O homem não age de determinada maneira, não transpõe certos limites levado por sentimentos religiosos ou sociais. No dia em que houver uma modificação nessa força ordenatória — a voz do escritor troava como trombetas —, o homem viverá repentinamente uma vida multiforme e sem nexo. A civilização soçobrará. O homem romperá as barreiras do próprio "eu" e será livre...

O meu livro se refere a esse momento dramático e final do mundo... É grandioso, não é, Lucília?

— Parece Wells.

A moça levantara-se e, por trás da cabeça do escritor, examinava os papéis.

— Por isso é que havia tanto *fatum* naquelas folhas...

"Destino, destino." Pensou em Belinha com uma dor rápida, lancinante. Estava com a cintura rente à nuca do homem.

— Bruno — disse Lucília com voz meiga —, você é admirável.

— Você acha? — disse ele, voltando-lhe um rosto excitado.

De repente, suas faces mudaram de cor, de vermelhas que estavam. Olhava-a com uma atenção concentrada.

— Está mais magrinha — disse, pegando-lhe o pulso.

Estava magrinha, sim. Tanto que o seu corpo parecia o de uma menina desabrochando na puberdade. Os pequeninos seios, de dentro da camisa de malha, apontavam apenas. E dela toda, daquele seu aspecto abatido de criança, vinha-lhe um estranho desejo de guardá-la, de tomá-la ao colo.

— Sofri muito com a morte de Belinha... Engraçado... — Ria um riso entrecortado. — Nunca pensei que fosse sofrer tanto a morte daquela menina... Bruno, ah...

Atirou-se ao colo do homem, querendo chorar um pouco, mas chorando mais do que queria. Ele tomou-a nos braços sem saber o que fizesse, se devia consolá-la... Mas a hesitação foi de uns segundos. Porque agora a apertava contra o peito, procurava aquela boca e encostava a face naquele rosto molhado de lágrimas quentes.

Silêncio. Silêncio. O fogo estava expirando. Tornava-se cinza. Já era noite. Umas sombras macias caíam sobre as coisas no quarto, apertando, juntando aquelas duas criaturas.

18

Maneco morreu alguns dias depois de Belinha. Letícia estivera com a família do menino a assistir-lhe os últimos momentos.

Elza, com uma curiosidade quase doentia, fez Firmiana contar tudo, crivando-a de perguntas. Agora que vira a morte de perto, tinha uma estranha fascinação por sua intimidade. Firmiana contou tudo. Como tinha sofrido, coitadinho! Aqueles gritos seriam de dor? Ou seriam do delírio? Que seria que o atormentava tanto? Gemia muito. Às vezes, serenava, chamava pela mãe ou por seu Imaki. Em outras, tremia, e os olhos dançavam, dançavam, viravam, que dava medo na gente... Sempre aqueles vômitos... Bem que doutor Celso fez de tudo. A irmã Lúcia não saía de perto dele, mudando o gelo da cabeça. Tiravam o líquido da espinha para aliviar a cabeça... Qual nada... Sempre piorando... Por fim, ficou quieto, não dizia uma só palavra, nem gemia e parecia que só os olhos, aqueles olhos que andavam de um lado para outro, é que tinham vida. Largado, coitado, e fazendo tudo na cama como uma criança de peito, ele que era tão limpinho...

— Ficou assim muito tempo antes de morrer. A mãe chegou perto dele e perguntou: "Está doendo, meu filho? Você quer alguma coisa?". Ele olhou para ela e continuou mudo, os olhos sempre andando, andando. Parecia que queria morrer... Quando vi Maneco já frio, tive tanto remorso... Tão bom que ele era, tão meu amigo, e a gente vivendo junto, parece que aquilo não se acaba mais, aquela companhia, e esquece de ser boa, de fazer carinho...

"Belinha... Maneco..." Mais dois segredos para a guarda dos ciprestes. Gente morrendo em torno... e o mundo continuando. A terra cheia de primavera, carregada de promessas. Aquilo entorpecia Elza. Sentia-se agora incapacitada para os grandes sofrimentos. Era tão moça e não sabia o que estava para vir.

Um dia, no banho, lembrou-se subitamente daquele primeiro passeio e reviu aqueles corpos saudáveis que tanto a impressionaram. Estava outra agora. Engordara. Sua nudez já não era uma vergonha. Se ainda não chegara àquela plenitude, àquela segurança de linhas que Olivinha ostentava, seu corpo parecia cheio de promessas de beleza. Sim, a saúde voltava. Agarrara a vida, possuía-a com gosto, apesar de tudo, e não a deixaria escapar nem fecharia os olhos para ela.

As noites eram mais quentes. Ficava muito tempo sem poder dormir, olhando os seus quatro companheiros de solidão, os pinheiros. Às vezes, nas noites mais negras, subiam e se perdiam no alto, como fantasmas. Outras vezes, banhados de luar, diminuíam e eram árvores de Natal, prateadas, decorativas.

Que é que ela procurava, que sentido desejava tirar daquilo, que lhe reservara a natureza?

Uma noite alvoroçou-se tanto que não podia dormir, não queria dormir. Vestiu o *robe de chambre* e encaminhou-se para o quarto de Lucília. Bateu de leve. Lucília veio abrir.

— Você também estava acordada?

— Também — disse Lucília, que tossiu depois, três vezes, baixinho.

— Deixe-me ficar um pouco com você, sim?

Lucília desocupou uma poltrona, atirando roupas no chão.

Elza instalou-se.

— Ficou com medo de alma? Com medo de Belinha?

— Nada, nada disso. Nem sei o que seja.

— Pois então deve ser outra coisa. A outra coisa. Você descobriu de repente o que é a mocidade, o que é a morte. Só isso.

Riu um riso irônico, baixo. Tossiu de novo. Era noite clara, quase enluarada. Aos poucos, Elza foi descobrindo o contorno de tudo no quarto. Lucília, que atirara o travesseiro no chão, tinha o corpo atravessado, escuro, sobre o leito branco. Uma mancha de cabelos se derramava, parte sobre a borda do colchão, parte pendente para fora.

— Cubra-se, Lucília, você está com tosse.

— Não, não quero cobrir-me. Quero ficar assim, sentir a noite, sentir meu corpo. Não é bom a gente sentir um pouco, um pouquinho só de frio?

Uma, duas, três vezes... O corpo rolava pela cama, com delícia.

— É bom a gente ser moça e perfeita, pelo menos por fora — disse, pensando em doutor Celso e nas radiografias. — É bom a gente deslumbrar alguém...

"Por que modificações passara Lucília? Que é que se está passando com Lucília?"

Nisso, Dom José começou a miar. Seu miado cortava, feria a noite. Era quase um grito humano. As duas moças estremeceram.

— Ele ainda não se esqueceu — disse Elza baixinho.

— Boba! — disse Lucília, má de novo. — Ele está amando. Então, não percebe nada?

Elza não queria concordar, mas por fim achou sua teimosia ridícula e não falou mais em Dom José. Os miados se repetiram muitas vezes, cada vez mais pungentes, mais compridos.

— Elza — disse Lucília, pausadamente —, você não é uma grande inteligência, mas é a melhor de que posso dispor aqui... Já que me ouviu com bastante paciência, quero que me ouça de novo... Você compreende certas coisas... Estou apaixonada!

— ...

— Você não diz nada?

O coração de Elza parou. "Quem teria dito aquilo, aquelas palavras? Lucília ou eu?"

O coração voltou ao ritmo.

— É aquele escritor?

— Ele mesmo.

— E o que é que você achou naquela criatura?

— Não sei. Talvez porque me tivesse repelido a princípio. Ou, talvez, aquela sua calma, aquela segurança. É um grande escritor. Está fazendo um livro extraordinário. A história de um mundo livre do destino...

— É maluquice.

— Também acho, mas gosto. Gosto de pessoas um pouco doidas. Parece que soltam faíscas, iluminam e transformam tudo. Gosto de Bruno e nunca poderei gostar de outro homem.

— Chama-se Bruno? Bruno de quê? Nunca ouvi falar nesse escritor. Interessante o nome: Bruno...

— Não é o nome dele, é o do seu alfaiate. — Elza teve um acesso de riso. Comprimia a boca com as mãos para não despertar as outras. — Que tem isso? Não me quis dizer o nome, achei esse na etiqueta da roupa. Fica-lhe bem — disse Lucília, pensativa. — Bruno... Parece-se com ele, talvez seja até o seu nome... Afinal, que importância tem isso? Você tem um nome de marca de meias. "Meias Elza", não conhece? Pois deve haver essa marca...

Lucília estava zangada, incoerente.

— Por favor, não se zangue, conte-me tudo. Precisa desabafar. Tenha confiança em mim.

— Voltei várias vezes à casa dele. Às vezes me recebia bem, outras como se eu não existisse, não me dava resposta... nem sequer me via. Deixava-me auxiliá-lo em certas coisas, até compras fizemos juntos, você viu, como se isso fosse natural... Uma vez mandou-me embora. Ele estava escrevendo e ficava parado algum tempo, com o olhar perdido, distraído. "Vá embora, vá embora", gritou de repente. Eu repliquei: "Não estou fazendo nada, nem estou fazendo barulho". "Vá embora!" Saí chorando e jurei não voltar. Que ia fazer ali? Mas aquele ambiente exercia uma fascinação sobre mim. O mistério que rodeava o homem, tudo! Aquele calorzinho do fogo, o cheiro dos livros, o cheiro do linho da cama... Tudo aquilo tinha entrado em mim e exigia que eu voltasse. Passei umas noites sem dormir. Dom José miando, e eu sofrendo. Creio que tinha febre. Comecei a ter sonhos esquisitos de madrugada, era só quando dormia. Depois eu conto um sonho que tive, que muito me impressionou! Pensava em Belinha. Por que não morrera em lugar dela? Ninguém me queria, não agradava a ninguém, era melhor morrer. Depois pensava... Envergonho-me, Elza, mas tenho que dizer tudo... Depois pensava que eu precisava conhecer profundamente a vida antes de morrer. Conhecer o amor de um homem, vibrar, ser mulher. Ai... tão sozinha no meu quarto... A lembrança de Belinha, tão pura, a saudade de Belinha, e essas ideias da carne martelando... Voltei. Bruno estava mudado. Parece que estava cansado da solidão. Lembrei-me da vaidade dos homens, interessei-me apaixonadamente por seu trabalho... Prometeu-me explicações... Fui mais uma vez à sua casa. Ele excitou-se com a narrativa. Depois, não sei bem como, lembrei-me de Belinha e chorei. Ele tomou-me em seus braços... Ah, que bom aquilo... Os braços de Bruno... Senti-me toda pequenina em seu colo. A princípio, lembrei-me de papai, tão bom para mim, que me fazia as vontades... Mas esqueci tudo quando me beijou na boca e parecia querer sorver-me toda. Eu me sentia passar para ele, sentia-me esvair, desaparecer gostosamente. Aquelas mãos bonitas desceram por meu corpo. Eram leves e ardentes. Eu me arrepiava e involuntariamente apertava os braços em torno do seu pescoço para que o beijo não acabasse mais... Estava trêmula, e ele também. De repente, houve um pequeno estremecimento, um pequeno suspiro perto de nós. Desprendemo-nos afinal. Era noite já fechada. Uma grande brasa, na lareira, desfazia-se. O fogo estava morrendo. Era tudo escuro, com aquele leve avermelhado no fogão. Senti que Bruno me arrebatava com uma espécie de ódio cego. "Vá embora, Lucília." A mão que me comprimia o braço era trêmula e ao mesmo tempo possante... "Vá embora." "Não, quero ficar com você, sou tão só, não me abandone, guarde-me, Bruno..." Senti-me impelida para a porta, que se escancarou. A noite era clara. Vi a palidez de Bruno. Estava com um aspecto de sofrimento indizível. "Vá, menina, e não volte, porque se voltar não sairá assim." A porta fechou-se. Voltei correndo dentro da noite. Havia uma grande intimidade entre mim, a terra, o céu. Aproximavam-se as estrelas, as árvores fugiam diante da minha passagem. Tudo tinha movimento, e eu sabia por que esse sopro sobrenatural transformava tudo. "Sou querida!" "Ele me quer, ele me deseja!" Conquistei-o, Elza, conquistei-o!

Elza ouviu tudo insaciavelmente. "Ah, fascinação do amor dos outros, fascinação do amor que está oculto dentro da gente, quem não experimentou?"

Mas tinha de dizer qualquer coisa. Dizer qualquer coisa de ponderado.

— Creio que você está procedendo loucamente. Nada sabe desse homem. Pode ser até casado. Deve ser casado... Que poderá sair disso tudo? Apenas desgosto. Oh, Lucília, não se entregue a esse homem. Pode encontrar outro... Esse, não. Alguma coisa me diz que tudo isso vai acabar mal...

— Acabar mal? Sou uma condenada, não espero curar-me... Nem faço por curar-me. Por que não hei de guardar alguma coisa para mim no mundo? Tudo escapa das minhas mãos. Afeição, saúde, tudo. Por que não hei de reservar um bom instante de amor... Ainda que seja só um... para ter alguma coisa na vida?

Elza levantou-se da poltrona e chegou à janela. Estava tudo insuportável. Tudo bulia com ela. Aquela confidência... Das coisas, das sombras, vinham apelos e queixas misteriosas. Debruçou-se e olhou pela noite. "Aquela luz tênue que boiava perdida, lá longe, seria, já era, a madrugada?" Quanto tempo estiveram conversando?

Súbito, sentiu um grande medo, um choque. Dos fundos da casa saíra o vulto de um homem, o vulto de um homem magro como um fantasma. Hesitara uns segundos, depois correra, passando por debaixo da cerca de arame, e se perdera nas sombras.

A malícia acordara em Elza.

— Firmiana está dormindo aqui ou na casa dela? — perguntou tranquilamente.

— Dorme aqui, Elza. Por que pergunta?

— Nada. Vou deitar-me. Já está amanhecendo.

19

Como tem corrido o tempo! Já estamos em dezembro. O Natal já está aí, e penso muito em Paulinho, que logo irá vestir as calças compridas! A nossa família é tão pequena que posso avaliar como farei falta nesses dias de festa.

Fiquei comovida com sua carta, mas não quero que se sacrifique por minha causa. Não poderíamos ficar juntas, e a outra pensão é tão sem conforto! Acho que não deve vir. Será pior, depois, pois já estou me acostumando.

Junto mando um retratinho. O rapaz alto é o Flávio, bom amigo, de quem já lhe falei. Tenho feito passeios lindos! Fui um dia desses ao Itapeva. Uma paisagem belíssima acima de dois mil metros. Por uma grande sorte, o tempo estava limpo, e desfrutamos uma vista magnífica.

Doutor Celso está satisfeito comigo. Com o meu caso. Sinto-me tão bem que às vezes me esqueço de que ainda sou doente.

Então, o Osvaldo lhe escreveu para dizer "que não ando bem" com ele? É um absurdo, deve ter havido extravio de cartas minhas.

Adeus, mamãe. Beije papai e Paulinho, e beije também com toda a sua ternura a sua

Elza

Dobrou a carta, meteu-a no envelope. Turquinha apareceu na porta. Excessivamente pintada e com dois embrulhos enormes.

— Hoje não vou, Turquinha. Dê um abraço no Moacir por mim.

Turquinha ficou penalizada.

— Ah, ele gosta tanto de você... É pena não vir. Sabe o que me disse da outra vez? Isto, assim: "Estou sossegado porque agora você está num bom meio. São moças finas e distintas". E disse que você então era a mais educada... "Aquilo, sim", disse ele. "Aquela é que é a verdadeira educação de família."

— Tome cuidado, olhe que, por gratidão, por essas palavras, ainda me apaixono pelo Moacir...

Riram juntas. Letícia apareceu muito elegante e cuidada. Entrou com ela uma onda de perfume.

— Você vai dar febre naqueles rapazes...

— Vamos, Turquinha, que essa Elza agora só anda na companhia do Flávio.

Saíram risonhas. Letícia com aquele viço, a mais mulher de todas da pensão, e Turquinha torta e pintada como uma velha.

Letícia já podia ter ido embora e continuava ali. "Só uma coisa deita raízes, só uma coisa pode fixar a gente em algum lugar. Só o amor. Letícia está definitivamente ambientada. O amor-devoção por doutor Celso a impede de deixar Abernéssia", pensava Elza.

Lucília apareceu batendo palmas, com o pijama verde já desbotado e olheiras fundas.

— Oh! Dona Lucília, até que enfim está visível a olho nu!

— Sim, desci por uns momentos para ver a terra como anda. Mas que horror! Você está engordando demais, parece matrona.

— Não, Lucília, eu estou mais gorda, mas não tanto. Você é que devia tomar mais cuidado. Está com uma cor tão escura, tão inexpressiva. E essas olheiras! Olhe-se no espelho. Ao menos por faceirice, devia mudar de vida.

Lucília olhou-se demoradamente no espelho.

— Tem razão. E os meus olhos de tão sombreados estão mais saltados. O Flávio até disse que tenho um tipo basedowiano.

— Tipo o quê?

— Basedowiano. Moléstia de Basedow é uma doença que ataca a tireoide, essa glândula do pescoço. Dá um papo e faz os olhos saltados... Você é burrinha, menina. E o Flávio, com aquelas manias de arte, não entende nada.

— Obrigada.

— É espontâneo, não tem que agradecer.

— Quer sair conosco? Vamos a Capivari.

— Obrigada. Estou tão mole que não tenho nem coragem para vestir-me.

— Teria se fosse ver Bruno...

— Não, não fale! Ah, sabe? Aquele fundo que o Flávio fez no quadro, aquele azul que dá vontade na gente de mergulhar o dedo porque não parece tela... Sabe? É o azul daquele sonho de que falei... Daquele sonho tecnicolor. Ah, você é burrinha, eu tenho que explicar... Você vê as cores quando sonha?

— Não, parece-me que não vejo cores. Não me lembro direito.

— Não se lembra porque nunca viu, como eu antes nunca tinha visto. Eu sonhei... Sonhei que estava no cimo de uma montanha de uma altura prodigiosa. A altura era tão grande que a terra desaparecera em torno, e eu só via céu, céu azul a cercar-me. Era um azul tão brilhante, tão lindo, que me atraía, me chamava! Saltei, então, para ele. Mas não caí. Boiava, leve como uma pluma, e uma sensação violenta de prazer me veio. Que delícia! Nisso, olhei para o meu corpo e percebi que os pés, as pernas, as mãos, os braços estavam se desmanchando em azul.... O corpo, inteirinho, se dissolvia em azul puríssimo... E eu sentia uma alegria violenta, louca. É esquisito esse sonho. Que quererá dizer?

— Não sei, sou a mais inteligente daqui, mas ainda sou burrinha. Bem, até logo. Vou ao Correio e depois vou com Flávio a Capivari. Já está na hora.

— Até logo.

Elza usava agora calças de casimira à semelhança das de Letícia. Amarrou um lenço azul embaixo do queixo e saiu. Lucília ficou no terraço, suspirando, cansada, numa *chaise-longue*.

Elza atravessava a rua quando viu a vizinha, mãe dos gêmeos. Como estava mudada e bonita! Trazia uma saia marrom e uma blusinha de xadrez miúdo. Tinha a fisionomia limpa, a pele estirada, e estava tão jovem, tão fresca!

— Boa tarde — disse Elza. — Como está bonita! Nem parece a mesma, tão doente, que conheci quando cheguei.

Araci, era esse o nome dela, ia também ao Correio levar uma carta. Andavam juntas, o passo cadenciado. Gente chegava às janelas. Elza e Araci cumprimentavam.

— Felizmente já me acostumei — disse Elza. — Parecia impossível quando cheguei.

— Eu também já estou acostumada e grata a este lugar. Já me sinto disposta e engordei tanto que fui obrigada a encomendar uma nova remessa de roupas a minha irmã. Esta carta trata disso justamente. — Estava animada como uma criança, corada e com o nariz rosado.

— Seu marido deve ficar contente com essas melhoras...

— Não sou casada — disse Araci com voz seca. — Casamento anulado...

— Ah... desculpe, não sabia.

— É muito natural que não saiba. Meu marido anulou o casamento dizendo que eu era doente desde antes do casamento e que sabia... Não é verdade. Tive um pleuris quando tinha dezesseis anos e fiquei muito fraca. Fui para uma fazenda. Quando me casei, anos depois, estava forte e disposta... Adoeci com a gravidez... Você imagina, primeiro parto, e duplo... quase morri. Três meses depois do nascimento dos meninos, tive um acidente. A primeira hemoptise. Estava em casa de meus pais e fiquei aterrada uma manhã, ouvindo uma discussão que vinha do quarto ao lado. "O senhor entregou-me uma filha doente, uma mulher imprestável para o resto da vida. Não tem consciência! Sabia da doença dela e ocultou-me! Bom fardo para os outros carregarem!" Era o meu marido que assim falava. Foi o começo. Ah, nem calcula a minha vida... Mas tudo passa. A gente vai esquecendo, fica com o coração duro. Agora estou contente. Estou tão bem que o médico acha que não preciso ter aqueles cuidados exagerados. Posso aproximar-me dos meus filhos! Só não durmo com eles, é claro. Mas beijo-os nos cabelos, no alto da cabeça... A vida é boa — disse Araci. — Você não acha que a gente sempre tem alguma compensação na vida?

Já haviam chegado ao Correio.

— Então, dona Elza, quase não vem mais ao Correio. Coitado do noivo — disse o agente, misturando uma risada com as palavras. — Amizade nova por velha!

— Você é um bisbilhoteiro, sabe da vida de todos e quer dar palpites. Até logo — disse maliciosa, entregando a carta.

— Resista à tentação de abri-la. Adeus, Araci, vou à estação.

20

Ali estavam os dois sentados no trem. Gumercindo apareceu na janela, do lado de fora.

— Bom passeio! Divirtam-se — disse com voz fanhosa. — Cuidado com o Flávio, Elza...

Estava lívido, com os dentes cheios de ouro brilhando na boca úmida.

— Não se preocupe, até logo.

O trem partia vagarosamente. Elza olhava a paisagem alegrada por construções novas e de cores vivas. As araucárias mais longe... Junto à linha e à esquerda, onde o terreno fugia, descendo, as pequenas casas dos "fundos". Caras longas e pálidas apontavam nas janelas e logo desapareciam com a marcha do trem.

— Sabe, Flávio, acho engraçado andar sozinha com você. Em São Paulo nunca saí só com um rapaz. Você é diferente, não sei... Aqui tudo é diferente...

— Que é isso? Que conversa é essa? Será que as palavras de Gumercindo estão fazendo efeito?

— Oh, não, absolutamente. Gumercindo é um sujo — disse Elza, com uma violência que surpreendeu Flávio.

— Gumercindo não é um sujo. Por que essa antipatia? Sou seu companheiro de quarto e posso dizê-lo...

— Oh, não é a sujeira do corpo... É outra — disse Elza gravemente. — Por favor, é desagradável o assunto, não toquemos mais nele.

Caiu um silêncio sombrio entre os dois. Desceram em Capivari, cada qual com uma resposta enraivecida já preparada maduramente. Mas nenhum dizia nada, e as intenções se perderam. Sumiram sem se tornarem palavras. Gumercindo persistia entre eles.

Deram voltas pela vila cheia de casas ricas, de bangalôs nas colinas.

Capivari tinha um ar de presépio.

Desceram sempre silenciosos até junto do clube, de construção rústica, coberta de sapé. Uma vitrola cantava um tango langoroso. Ouviam-se gritos de crianças invisíveis nos seus jogos.

— Lá vêm os grã-finos — disse Flávio, rompendo o silêncio.

Risonho, um grupo se aproximava do portão. Moças e rapazes. Um casal ficara para trás, um casal de namorados. O rapaz tomava o braço da moça, que era bonita e morena, e lhe falava qualquer coisa extremamente grave e importante.

— É o doutor Celso com a Olivinha!

O médico nem os viu. Entrou lentamente no jardim do clube, completamente absorvido na conversa.

— Ah... — disse Elza. — Coitada da Letícia.

— Coitada da Letícia por quê?

— Ora, então não sabe que a Letícia adora o doutor Celso?

— E que tem isso? Você logo não vê que o doutor Celso nunca se interessaria por ela? Feia e doente, sem graça, sem espírito...

— Isso tudo por causa do Gumercindo. Todas essas amabilidades. Não vamos entrar no clube?

— Não sou sócio. Isso não é para a gente. Tinha que ir ver uma casa para um amigo meu. Trouxe até as chaves comigo. Fica para outro dia. Você com toda a certeza não quer ir...

— Por que não? Que faremos perambulando por estas ruas? Onde é a casa?

Era perto. Tinha telhado vermelho e pontudo e varanda envidraçada, refletindo o sol da tarde, deitando faíscas.

Entraram. Elza achou-a confortável. Meio mobiliada, com cortinas de cassa e cretone. Uma boa sala com lareira.

— Deve ser bom aqui nas noites frias! Quem vem para cá?

— Um casal. Ele sofreu uma operação de apendicite e vem refazer-se aqui.

— São moços?

— São, como nós.

Entraram no quarto. Flávio abriu violentamente as janelas. Olhou para a cama larga, coberta por uma colcha de quadrinhos, com uma longa história de intimidades.

— Está tudo em ordem. Parece que serve.

Elza estava imóvel junto da parede. Flávio aproximou-se.

Seus olhos angustiados traçavam o contorno daquele corpo.

Com mão trêmula, tocou-lhe o braço.

— Vim porque quis mostrar que tinha confiança em você...

Flávio recuou.

— Vamos embora — disse, pálido, com um riso frio, os lábios gelados e descorados.

Fecharam a casa e saíram calmamente, ajuizadamente. Um demônio dizia dentro de Elza: "Foi pena!".

21

A mãe de Turquinha chegara afinal. O tempo correra inutilmente, e, cada vez que a visita materna era adiada, os namorados sorriam, cheios de esperanças. "É melhor, porque, quando chegar, terá melhor impressão..."

A mãe era gorda, morena, com um sombreado de barba e uns olhos bovinos.

— Não compreendo como vai sempre melhor, sempre "cada vez melhor", e não sai do hospital — disse a pesada senhora subindo a escadaria do sanatório.

— Ah, mamãe, é porque ele quer curar-se, e na pensão de rapazes é muito difícil seguir um tratamento sério.

— Não sei. Não entendo nada. Mas enfim... vamos ver.

Atravessaram terraços e enfermarias, e Turquinha não via ninguém. "Ai, que momento, aquele..."

Moacir pedira, de manhã, permissão para levantar-se. Doutor Melo concedera, atendendo ao enorme efeito moral sobre o doente. Seria uma coisa humilhante receber a "futura sogra" assim deitado.

Desde cedo começaram uma minuciosa toalete. O barbeiro fez-lhe a barba, cortou-lhe os cabelos. Perfumou-se, mudou um pijama novo e ficou tão emocionado que começou a ter uns tremores. Andou de cama em cama anunciando a importantíssima visita da tarde. Faziam graça, pilheriavam com ele. Estava formoso como um dom-juan, e a velha não resistiria aos seus encantos...

Mas a espera foi longa demais, e ele, que tinha tido uma pequena melhora, começou a sentir-se mal, muito mal. Uma terrível taquicardia, um estado angustioso. Reagiu a princípio. Esteve no terraço, olhando o céu, o verde sombrio dos pinheiros, procurando respirar, alcançar o ar que lhe fugia. Súbito as pernas bambearam, a fronte começou a latejar, e um suor frio cobriu-lhe a testa.

Mère Thérèse, que passava casualmente, viu-o no seu estado vertiginoso, apoiado ao muro do terraço. Um doente foi chamado por ela, ajudou a carregar Moacir para a cama. Moacir chorou, cheio de um pânico imenso, cheio de derrota. A irmã aconselhou-o a ter calma, porque, do contrário, seria ainda pior. Pediu um calmante. Era só nervosismo, dizia ele, e com um sedativo ficaria outro. *Mère* Thérèse veio com o remédio. Ele tomou-o, fechou os olhos, aquietou-se na cama, fazendo provisão de força. A freira saiu, deslizando silenciosa.

Afinal, chegara o momento. Moacir sentou-se na cama e esperou, suando frio, estudando frases mentalmente, cheio de confusão. Elas apareceram. "Quê? Essa enorme criatura é a mãe de Turquinha?"

— Esse é o Moacir, mamãe...

Riu facilmente ao vê-las. A matrona cravou nele uns olhos dilatados de espanto.

— Muito prazer... — disse com voz sumida.

Moacir engoliu umas palavras. Turquinha chegou-se para bem juntinho do noivo e abraçou-o, toda carinho e amor.

— Há tanto tempo esperava a sua visita — disse a voz grossa e arrastada de Moacir.

— Pensei que estivesse melhor... Ainda está de cama...

— Estava de pé... Piorei um pouquinho hoje, mas isso passa...

Arfava; desabotoou o pijama no pescoço, sacudiu a cabeça, aprumou-se penosamente. Doutor Nilton vinha atravessando a enfermaria com passadas militares.

— Doutor Nilton!

O médico parou, olhou o quadro através do pincenê com um interesse calmo.

— Doutor Nilton... quero apresentar... a minha futura sogra... a minha noiva...

Que esforço terrível! Moacir estava verde. As duas mulheres apertaram a mão do médico.

— Ele está emocionado — disse doutor Nilton, inexpressivo. — Calma, rapaz!

Olhou a senhora que abria e fechava a bolsa, desorientada, despediu-se e foi andando por entre as filas de camas, recolhendo, como um colecionador frio, aqueles pedaços de vida, que guardava intimamente, sem emoção.

Turquinha tomou a mão da mãe e a mão do noivo.

— Serão muito amigos...

— Seremos muito amigos — disse a senhora, muito vermelha agora.

— A senhora está... um pouco mal impressionada. Não repare... é a comoção...

— Não, não estou mal impressionada.

— A Turquinha... é um anjo... A Turquinha é a melhor criatura que eu conheci... até hoje... Não, não é por ser sua filha...

— Está cansado. Voltaremos na outra visita.

— Não, fiquem mais um pouquinho...

Os olhos de Moacir encheram-se d'água.

— Nós voltamos logo, acalme-se.

— Adeus, Moacir.

Turquinha pegou na mão do noivo e beijou-a, beijou-lhe a testa.

— Fique contente, sim?

Seu olhar longo acompanhou-as até a porta da enfermaria. Com as mãos trêmulas, cobriu o rosto e tremeu todo, sacudido por soluços.

22

Lucília perdeu várias noites de sono naquela inquietação que lhe alargava as olheiras. Deixara, havia já bastante tempo, o tratamento com o doutor Celso. O médico estivera na pensão preocupado com o descuido da moça. Fizera-se severo, ameaçara mais uma vez abandoná-la na sua assistência. Lucília ficou meiga, prometeu ser pontual no consultório e suspirou mais um "não me abandone, só tenho o senhor aqui", com aquela sua fala quebrada e um pouco sensual.

Mas ficou nisso, pois agora se esquecia de si própria, num período de intensa exaltação. As noites eram sempre as mesmas. Mal se deitava, começava a representação da visita de Bruno, da visita que queria fazer, mas que ainda não ousara. Imaginava Bruno carinhoso e às vezes ríspido. Tornava a cena cheia de uma exaltada poesia algumas vezes, outras, transformava tudo num bárbaro materialismo. Sofria e trabalhava pacientemente, recomeçando aquele martírio, como se da sua imaginação pudesse tirar a solução do mistério. As horas rolavam, vinham e se perdiam pesadas de espera, como se valesse esperar e nada fazer. Como se houvesse esperança de que Bruno, saindo do seu pequenino reino, viesse vê-la na pensão.

Nessas noites de insônia, seu corpo ficava tão sensível que o próprio toque das cobertas lhe despertava arrepios. Tinha de ficar quieta dentro dos lençóis, com os olhos cheios da noite, da vida, dos rumores misteriosos que a cercavam, a respiração um pouco presa, como quem espera de tocaia...

As costas ardiam, e a tosse curta e seca vinha em pequenos intervalos. Tossia já sem perceber, e às vezes Turquinha e Elza perguntavam de manhã:

— Você passou mal a noite, não é? Tossiu tanto!

— Não — dizia —, não fui eu. — E não mentia, porque estava tão desinteressada da própria pessoa, tão dentro do mundo da sua imaginação, que não dava acordo de nada.

Uma tarde saiu para um pequeno passeio e, em meio a ele, foi assaltada por um violento desejo de rever Bruno. Era um desejo tão grande que se pôs a correr e não procurava desviar-se dos espinhos do campo. Foi uma corrida desvairada. Alguma coisa lhe dizia que Bruno partira. Ah, tormento, ah, castigo que vem de dentro da gente, pequeno demônio insaciável para o qual trabalhamos, criando as nossas mágoas para seu alimento! A essa ideia, à ideia de que Bruno pudesse fugir, um imenso pavor caiu sobre ela. Corria como se fosse perseguida. Parou chegando ao pequeno bosque, procurando respirar. O coração batia-lhe violentamente, estava quase sufocada. Desceu a rampa com uma tremura nas pernas. Avidamente olhou a casa. Estava fechada. Mas... Oh! maravilha! Da chaminé de pedra saía uma fumaça branca!

Sinos em aleluia romperam dentro de Lucília. Bateu na porta e entrou. Estava cheia de uma beleza que ia além daquelas olheiras, daqueles cabelos embaraçados.

— Sabia que estava esperando?

Atirou-se nos braços de Bruno e depois se desprendeu, sentou-se encolhida na poltrona, cobrindo o rosto com as mãos.

— Que pavor... Passei dias inteiros imaginando que tivesse medo de mim... que quisesse fugir de mim.

— Medo de você, Lucília? Sim, tive, tenho medo... que me roube todo... que não fique mais nada para esse meu trabalho em que pus tanta esperança... Ah, martírio! Ficar aqui, dias e dias a fio sem nada fazer, como um prisioneiro. Cortou-se o fio da minha inspiração... Você interrompeu-o. Lucília... ah, enlouqueço...

Deu várias passadas pelo quarto, agitadamente, depois se acercou, tomou-a em seus braços como se fosse uma boneca. Lucília sentiu o aconchego do leito. Seu corpo afundou-se nele com delícia. O quarto estava muito aquecido. A lareira crepitava, e o ar estava enfumaçado. Dava vontade de rir e de chorar, porque os olhos ardiam. Bruno sentou-se junto. Lucília estava imóvel no leito, os olhos abertos, lacrimejantes, e um sorriso trêmulo.

— É extraordinária essa aventura. É inacreditável... Sinto-me livre, sou dono de mim mesmo, e nada neste momento poderia separar-nos.

Tinha uma expressão arrebatada, deslumbrada. Curvou-se lentamente sobre Lucília, acariciou-lhe os cabelos, de leve. Depois suas mãos mergulharam, afundaram naquela cabeleira mágica, que tinha vida própria.

Estava escurecendo.

Seus dedos pacientes estudaram-lhe o contorno dos lábios, do rosto, do pescoço... Bruno beijou-o longamente, aspirou-lhe o perfume.

Escurecia. Dos cantos, mansamente, vinham saindo as sombras que cresciam em torno deles. Mas, conscientes, apesar de tudo, eram donos do momento que passava.

Na lareira, o fogo deitava clarões avermelhados e tinha labaredas que dançavam e pulavam como diabinhos vivíssimos e maliciosos.

23

O Natal veio com quermesses, benefícios de senhoras caridosas aos pobrezinhos doentes. Árvores mágicas e iluminadas apareceram nos sanatórios, cheias de mimos para as criancinhas. Caixas e caixas de presentes saíam do Correio para as pensões, para os doentes solitários, alcançados agora por um carinho distante de criaturas queridas. Votos de Feliz Natal cruzavam.

"No Natal que vem, se Deus quiser, não estarei mais aqui..."

Esperanças floriam a noite. Do íntimo daquelas criaturas, vozes da infância candidamente segredavam realizações maravilhosas... saúde... saúde... retorno ao lar, volta às amizades perdidas.

"No Natal que vem, se Deus quiser...", murmuravam vozes roucas, de dentro das camas, ou vozes junto das vidraças, que recortavam uma noite sombria e misteriosa, cheia de um futuro profundo, cheia de perguntas obscuras.

Nessa noite, chegou em triunfo o retrato de Elza. Flávio colocou-o na parede e, de braços cruzados diante da sua obra, dizia:

— É a melhor coisa que já fiz! Está magnífico! Repare, Elza, a sua cor quando você chegou... tão branca e fina que parecia feita de louça.

Aproximaram-se todos.

Elza, como uma alongada figura da pré-Renascença italiana, aparecia nítida sobre o fundo longínquo e esbatido. Estava hirta, parecia mais alta e tinha, como uma santa, o véu azul-claro cobrindo os cabelos. O rosto, magro, pálido, e uma expressão de calma e indiferença. Os olhos vagos, abstratos... As mãos pareciam ter mais vida. Cruzavam-se sobre o colo, não com a placidez das mãos das "madonas", mas um tanto crispadas, recurvas. Tinham beleza e sofrimento. Aquelas mãos, unidas à longínqua paisagem da imensa cordilheira, ao azul profundo das grandes altitudes, à presença daquele grupo de pinheiros em segundo plano, voltados como taças em votos para o céu, aquelas mãos davam a significação pungente da ausência, da solidão.

Ficaram todas, dona Sofia à frente, as moças atrás, perplexas, sem saber se aquilo era bonito, mas sentindo "alguma coisa", uma nova impressão.

— Obrigada, Flávio — disse Elza, comovida. — Não queria ficar com ele. Você devia expô-lo em São Paulo ou no Rio.

— Que tal? — perguntou Flávio com um olhar sôfrego e indagador para Lucília.

— Você ganhou, Flávio. Você ganhou. Elza não é a mesma agora, mas quando chegou... Você ajuntou qualquer coisa a ela que eu não percebia antes, mas que deve ter existido. Um jeito desambientado que ela perdeu. Gosto muito do azul e daquelas montanhas a léguas e léguas de distância.

— Se Belinha visse... — disse Letícia com a voz trêmula.

Sinos começaram a vibrar, sinos que se quebravam dentro da noite como centenas de cristais partidos.

— Vamos à Missa do Galo — disse Elza a dona Sofia.

— Esperem, ainda há tempo, preparei uma ceiazinha...

— Milagres de Natal — murmurou Lucília, entre dentes, para Elza. — Milagre, essa amabilidade.

Dona Sofia entrou para a cozinha e voltou com Firmiana, toda enfeitada, com um vestido de seda vermelha e as rodas de carmim das faces dos dias de festas e feriados.

Vinham castanhas fumegantes para a mesa, nozes, amêndoas e avelãs. Sentaram-se todos. Dona Sofia estava tocada pela graça divina. Tinha um lindo sorriso, todo amabilidade. Voltou-se para Flávio:

— Por que não trouxe o Gumercindo?

Firmiana entrava com uma terrina de doces em calda. Estacou junto da mesa.

— Foi ao baile com a Zizi. Nos intervalos entre o fim de um namoro e o começo de outro, a Zizi anda com o Gumercindo.

Firmiana pousou devagar a terrina na mesa e encaminhou-se para a cozinha lentamente, tão lenta como se levasse um grande peso e mal pudesse com ele. A conversa girou em torno dos parentes, dos amigos ausentes. Turquinha levantou-se e ligou o rádio. "Noite feliz... Noite feliz..." A música do Natal acorrentou-os aos poderes invisíveis, à dominação dos laços afetivos. As figuras queridas foram lembradas. "Coitado do Moacir, que pena não ter podido sair do sanatório e passar o Natal conosco..." "Papai, mamãe, Paulinho... Paulinho hoje deve vestir calças compridas. Ainda não tem idade, mas está tão alto..."

O tio de Flávio, a madrinha de Letícia... Por instantes, Elza sentiu um frio na alma, pensando em Osvaldo, no seu Natal de universitário inglês.

"Noite feliz... Noite feliz... O Senhor... O Senhor... dos pobrezinhos nasceu em Belém", repetia a música encantada.

Então, muito sem jeito, dona Sofia começou a falar no marido... Ernesto...

— Ernesto era um louco no Natal, não poupava dinheiro. Uma vez achei junto dos meus sapatos uma vitrola, uma máquina fotográfica e duas garrafas de champanhe...

Todos tinham se esquecido de que dona Sofia era viúva, era viúva do Ernesto, que aparecia misterioso e nababesco assim, nessa noite de Natal, para depois voltar para as sombras do esquecimento.

Lucília perguntou se os presentes seriam mesmo para ela.

— O Ernesto não gostaria mais de música, de fotografias e de champanhe que a senhora?

Lucília não lembrou nenhum parente, ninguém. Mas, antes de se levantar da mesa, falou, abstrata:

— Naquela casa-grande... O Chicão, aqueles rapazes todos, o pai e a mãe... pensam em Belinha...

Pela última vez, vozes angélicas cantaram "Noite feliz, noite feliz...".

Estava na hora da missa. Saíram todos agasalhados, com a cabeça enrolada em echarpes. Era imprudência, mas era noite de festa, quando nada de mau acontece. A igrejinha brilhava como um pequeno farol na vila. Dentro, chitas vistosas de caboclas, coques de cabelos negros luzidios. Um ou outro rosto branco, afilado. Velhas, velhos. Véus brancos. Véus negros. Luzes, incenso. Elza procurou Santa Isabel e aproximou-se carinhosamente, longamente, de Belinha. Flávio estava a seu lado, ajoelhado também. Em dado momento, Elza sentiu que ele lhe tomava a mão e a beijava furtivamente.

"Noite feliz", cantavam vozes nasaladas e agudas.

Quando saíram, deram por falta de Lucília.

— Já deve ter voltado — disse dona Sofia. — Tanto tempo de igreja não é para ela...

24

Veio o Ano-Bom. Subiram foguetes. Uma banda de música corria tonta pela vilazinha, lembrando agudamente, estridentemente, que o ano se acabara.

Veio o Dia de Reis.

Morriam dolorosamente as esperanças de Moacir. Depois do malogro da visita da "futura sogra", que, desorientada, voltara logo, caíra em abatimento profundo. Em vão Turquinha falava nos projetos, naqueles projetos que lhe davam vida havia tanto tempo.

Muito raramente o seu lenço se tingia, mas a febre não o deixava mais. Às vezes, quando a mão da angústia lhe torcia o peito e aquela sufocação o tomava, pedia à irmã que o levasse para o terraço. Os dias eram quase quentes. Moacir ficava abstrato, a boca aberta, arfando, lívido, deitado na *chaise*, olhando a massa de verdura e o azul. Quando criança, gostava de olhar pela janela onde habitualmente estava o ferro de engomar aceso, pousado no parapeito. As árvores familiares do quintal tremulejavam, palpitando de maneira esquisita através do tênue bafo.

Agora a paisagem tinha essa vida e essa demasia de beleza. Não era só o céu que era deslumbrante. Cada árvore, cada pinheiro tinha sua cintilação. Verde, verde intenso. De vez em quando, pela estrada subia uma nuvem de pó que se desmanchava fumegante. Até a plácida paisagem, lenitivo e descanso de tantos doentes, agora o cansava. Voltava para a cama, e um medo, medo que o devorava, caía sobre ele. Tinha crises de choro seguidas. Não podia parar o choro nem que quisesse. Agarrava-se a Turquinha, a suas visitas, não com o desespero do noivo que teme a separação, mas como uma criança que receia ficar só. Turquinha passava o braço levantando-lhe a cabeça, sorrindo-lhe com alma. Ele se apegava àquela pobre criatura deformada, deitava o rosto em seu peito, contava-lhe o sofrimento, falava enfim da moléstia... "Tenho medo de não sarar", dizia cansado, arquejante. Votava a doutor Melo uma admiração supersticiosa. A presença do médico era-lhe necessária.

— Você está melhor, hein? Foi embora o nervoso?

Moacir dava-lhe um olhar de cão reconhecido e sorria com uma careta.

No Dia de Reis, Flávio foi vê-lo, levou um bolo. Turquinha partiu-o; Moacir disse que se sentia melhor, serviu-se também. Turquinha estava bem, quase feliz, quase como dona da casa. Flávio falou em Elza, no retrato que tinha terminado, falou...

— O Gumercindo vai embora — disse. — Vai terminar o tratamento em São José dos Campos, em casa de uns primos.

— Ah!

Mais um companheiro descia, e ele grudado ali...

Teve vontade de perguntar a Flávio: "Quando é que você desce?", mas não disse nada, olhando para o amigo tão bem-disposto, tão feliz... "Descerá logo", pensava. "Ele e Elza..."

Moacir apertou a mão de Flávio, longamente, nesse dia. Sua mão era quente, úmida, pegajosa. Flávio sentiu que era preciso vê-lo mais uma vez. Voltou já de longe, no corredor, para junto do amigo. Turquinha, que se demorara mais que nas outras visitas, ainda estava junto do noivo. Enxugou-lhe a testa com um lenço, melancólica. Flávio não soube o que dizer.

— Vim... ora, esqueci-me. Toma lá mais um abraço. Nada de nervosismo, seja homem. Turquinha, você vem comigo? Ora, que bobagem, chorando também...

Naquela tarde caiu uma grande chuva de pedras. Às três horas, o tempo esfriou, e a chuva caiu com uma violência de pancadas no telhado, como uma luta de inimigos invisíveis, que arremetiam furiosos contra tudo.

Turquinha cercou de velas as imagens dos seus santos e depois se cobriu na cama, tremendo de medo. Lucília e Elza olhavam pela vidraça a chuva cair, espalhando o gelo que saltava, corria e se acumulava à beira da casa e nas depressões do terreno. Em pouco tempo, o espetáculo era curioso. Grande quantidade de gelo cobria todo o quintal. Quando a chuva amainou, houve uma cintilação amarela de sol, fulgindo, brincando com os últimos granizos, que, isolados, aqui e ali, bailavam uns segundos e se imobilizavam no chão já coberto de gelo. Minutos depois tudo ficava quieto. Saíram todas para contemplar a paisagem bizarra. Uma multidão de agasalhados corria pelas estradas, deitando exclamações, parando à beira das valas, onde havia camadas de gelo com mais de um metro. Crianças com o rosto vermelho saindo das lãs atiravam punhados de gelo nos passantes. Uma vivacidade súbita animara a povoação. Automóveis partiam em direção de Vila Jaguaribe, onde havia gelo de uma altura prodigiosa, diziam.

Mas houve também quem andasse em torno das árvores que havia pouco estavam ainda cheias de frutas, carregadas, esperando a colheita.

25

Flávio levou Gumercindo à estação. Lá estava Zizi, com os cabelos em cachos e as sobrancelhas em fio, rindo no meio de companheiros, dando com otimismo a "boa viagem". Naquele dia, muitos voltavam curados. Era uma despedida alegre, vitoriosa, de alguns rapazes que terminavam juntos a cura. Gumercindo, que estava longe da saúde, fazia camaradagem com eles, ria com eles, unindo a sua despedida à dos moços, num curioso arremedo de sucesso. Quando o trem já ia partir, abraçando Flávio, disse com uma expressão que queria ser piedosa:

— Iria mais contente se o Moacir não estivesse tão mal. Está por um fio, coitado!

Depois, ainda teve jeito e tempo de agarrar a mão de Zizi e de beijá-la com galanteria.

— Eu escrevo...

Conversavam na intimidade do quarto Turquinha e Letícia.

— Justamente, Turquinha, quando o Flávio falou na despedida do Gumercindo..., coitada, eu já estava desconfiada.

— Dona Sofia disse que é histerismo.

— Que horror... Rangia os dentes e virava os olhos, parecia que ia morrer... Eu agora estou tão nervosa com o estado do Moacir, não posso ver certas coisas. Olhe, só de pensar no ataque da Firmiana, fiquei arrepiada...

— Moacir tem estado mal e tem melhorado.

— Eu sei, mas agora está tão diferente. Agarrou-me outro dia como se eu fosse fugir e começou a dizer que eu não o abandonasse. Como se eu pudesse deixá-lo... Você sabe, Letícia, para mim o que aconteceu de melhor na vida foi ter conhecido Moacir. Mais um dia, menos um dia... Tudo se acaba. Mas os nossos planos, aquela vida de felicidade futura, que inventamos e fomos combinando durante tanto tempo, ficam comigo...

— Você diz isso porque ainda tem esperança. Você ainda tem...

Letícia começou a chorar.

Turquinha disse suavemente:

— Letícia, você deve descer. Já está boa, que quer fazer aqui? Você é a mais feliz de nós todas. Já está curada. Não pense mais em doutor Celso. Por que essa mania de achar que ele não casa com a Olivinha?

Os olhos de Letícia iluminaram-se, cheios de lágrimas.

— Quando eu levei o choque... Quando doutor Celso me pegou pela mão lá no Correio e me disse que ia apresentar a noiva, parece que um anjo me ajudou e fiquei tão fria, tão natural, que me assombro lembrando. A Olivinha olhou-me com certa prevenção, mas ele foi dizendo que eu era um "seu caso" felicíssimo. Estava curada... Olivinha apertou-me a mão fortemente. Tive vontade de matá-la, mas fui dizendo para falar, para não sufocar... "Então gosta tanto daqui que vai ficar? A senhora faz bem. Eu tenho pena de ir-me embora francamente." Ela olhou-me com certa ironia e disse: "Pensa que um médico como o Celso deve viver aqui a vida toda? O seu futuro é outro, num centro maior, no Rio ou em São Paulo...". Dizia, olhando para o doutor Celso, risonha, querendo ser apoiada. Mas ele desconversava. Falava em Lucília e ficava assim, meio desapontado. Sou capaz de jurar que ele não quer sair daqui. Acabam brigando...

Diz Elza a Lucília no escuro do quarto:

— Tudo aparece. Mais tarde ou mais cedo. Firmiana tinha que demonstrar alguma coisa. Sabe o que me disse lá no quarto? Que o Gumercindo não tinha nada com ela, que eu estava enganada. Pelo amor de Deus não falasse a dona Sofia. Já perdeu o emprego, quem sabe?, e o pai seria capaz de matá-la se soubesse... "Afinal nem era verdade..."

Lucília quedou-se pensativa, depois:

— Quando penso em Firmiana, tenho a impressão de que ela está cercada, sim, que há uma ronda... Aquele japonês contagiando o irmão, ela seduzida por um doente... A doença rondando a família, espreitando aquelas vidas miseráveis, fáceis de serem levadas. Disse-me Firmiana que eles já têm outro pensionista, isto é, outra, uma filha de alemães. É uma força, uma corrente que prende essa criatura sadia, que faz Firmiana compartilhar a vida de condenados como nós...

— Fatalista. Influência de Bruno. Mas não deixa de ser impressionante essa família sã que vive da... — ia dizer o nome — ... da doença e para a doença. E, falando em Bruno, como vai ele? Outro dia conversei com Flávio, contei-lhe o que você me disse a respeito do livro de Bruno, e ele franziu a testa garantindo, não leve a mal, hein?, que você está delirando.

— Também tenho essa impressão. Sinto-o tão longe da minha vida de todo dia! De cada vez em que eu o deixo, penso: "É um sonho, um delírio...". Volto para certificar-me, e, quando me toma em seus braços, cada minuto de amor é tão intenso, tão bom, como se fosse o primeiro e último... Ah, Elza, você é uma inconsciente. Você anda beirando tanta vida intensa, tanta emoção, e fica como uma nuvem, indecisa e sem forma.

26

Moacir agonizou lentamente, lucidamente. Foi levado para um compartimento isolado do hospital. Como os doentes temiam aquele quarto! "De lá ninguém volta", diziam. Às vezes, era necessário, num caso mais agudo, o isolamento. Mas como eles resistiam... "Lá não, doutor, lá não..."

Moacir foi levado sem resistência. Na última visita de Turquinha, nem falava mais. Só as mãos, que não pareciam mais de carne, que eram escuras e opacas como as de uma imagem de madeira, procuravam, ansiosamente, perdidamente, as mãos dela. Turquinha sentia aquele tatear constante sobre seus dedos, aquela verificação ansiosa, o "você ainda estará aí?", com um medo friorento.

A distância encurtava de maneira espantosa. O fim se aproximava. As noites eram sempre piores que os dias. Gemia, gemia sem cessar e, às vezes, numa sufocação maior, ficava com o olhar esgazeado, tremendo, procurando sentar-se na cama, e chamava como quem grita num pesadelo, com voz abafada: "Doutor Melo!". Muitas noites o médico de plantão esteve horas com ele, que lhe segurava a mão, chorando, e dormia, por fim, com uma calma no rosto afilado que já era a sombra da morte.

E a vida era só aquela. O mal que o mundo lhe fazia durante o dia... A aflição daquelas coisas, aquele desenho na parede, lá no alto, que lançava fagulhas e se retorcia como uma cobra de fogo. Pela janela o ar que vibrava cantando em notas estridentes, dissonantes. E aquele desafio das cores que o maltratavam, o perseguiam, daquele verde da folhagem e do amarelo que lampejava em tudo, na paisagem... Na paisagem hostil e inimiga ainda em desafio quando cerrava os olhos. Com estrondo que repercutia dolorosamente dentro dele, portas batiam no corredor, e vozes confusas e irritantes interminavelmente se faziam ouvir. Passos se multiplicavam, sapateios e escorregadelas no ladrilho da enfermaria.

O pequeno armário laqueado de amarelo, onde guardava as coisas, tinha um revestimento de cretone estampado. A princípio, apenas via um entrelaçamento de desenhos a cores sem significação. Mas, agora, caras de velhas desgrenhadas surgiam nítidas ali. Disso lhe vinha o choro. De não suportar mais aquela guerra. Que canseira! Que canseira!

Afinal, uma noite, tudo pareceu melhorar. Quando a irmã lhe trouxe a sopa, ele se voltou com um olhar subitamente esperto, como se saísse de um longo sono, e falou, coisa que não fazia há dias:

— Vou-me embora.

Disse correndo os olhos pelo quarto, vendo tudo exatamente como era.

— Vou sair daqui — tornou a sua voz cansada. — Muitos saem daqui.

— Então, meu filho, já está mais animado? É assim, a gente deve confiar em Deus. Olhe essa cara, hoje, como está melhor! Nem parece a mesma...

— Irmã. Eu tenho umas coisas... — Começou a tossir devagarinho, mansamente. — Eu tenho...

— Sim, meu filho.

— Umas coisas... um dinheiro...

— Sim, meu filho, eu já sei. Tem um dinheiro guardado na secretaria e uns livros e retratos... Quer que eu entregue à sua noiva, caso aconteça... É bobagem. A gente deve estar confiante em Deus, mas eu prometo entregar. Sei que não há de ser necessário. Mas eu prometo para você ficar quieto, calado, sabe? Nem mais um pio.

Os lábios dele moveram-se numa mímica: "Obrigado".

— Descanse, meu filho, descanse.

Veio um bom sono. Tranquilo, como havia muitos meses não tinha. Antes de dormir, o quarto lhe pareceu plácido, o leito, macio, e o desenho lá em cima da parede ficou imóvel, perfeito. O cretone do armário perdeu o encantamento maléfico, e o sono abençoou tudo.

Às quatro horas da madrugada, doutor Nilton, que estava de plantão, foi chamado para ver o doente do isolamento. Moacir ainda o reconheceu.

— Doutor Melo — pediu a mímica dos seus lábios.

— O Melo está em casa. O plantão sou eu. — O médico interrogou baixo *mère* Thérèse e o enfermeiro. — Está direito. Não há mais nada a fazer.

Encaminhou-se para junto do leito e ali ficou ouvindo Moacir agora respirar estertorosamente. A irmã sentou-se na cama e começou a prece dos agonizantes.

Turquinha despertou de madrugada. Com a ânsia de quem acorda de um mau sonho, saltou da cama, envolveu-se num cobertor e chegou à janela aberta para a libertação de uma aurora que avançava radiante.

27

Em revoada passavam os dias. Fins de fevereiro.

Elza e Flávio passeavam pelas manhãs quase mornas, em lugares ermos e distantes. Havia muita doçura na amizade que se estreitava cada vez mais entre os jovens. A intimidade de um homem, os conceitos, os cuidados, a confiança que nele depositava abriam para Elza as portas de um mundo novo e rico de sensações.

A vida na pensão era triste. Turquinha de luto fechado, com uma tristeza obstinada, sempre com uma lembrança de Moacir, que caía gelando o ambiente. Passava horas revendo velhos retratos do noivo ainda com saúde, passava horas lendo e relendo as cartas da família, tão incolores e vazias, mas que lhe traziam, com um nome ou uma data, um manancial de recordações.

Lucília exaltava-se às vezes, levava Elza para o quarto e com cores vivíssimas contava coisas de Bruno. Mas as expansões eram sempre mais raras e o que predominava nela era um silêncio displicente.

Elza começou a levantar-se cada vez mais cedo e, sempre ao fechar o portãozinho da frente, via o vulto de Flávio subindo a ladeira... Ria quando ele se aproximava.

— Parece que combinamos a hora...

— Estamos adiantando cada vez mais os passeios. Ainda sairemos com o luar, o que não seria nada mau.

Nessa manhã andaram muito tempo calados. Era muito cedo. Um silêncio caía sobre tudo. Era um amanhecer sem pássaros. A solidão estava em torno. Andaram sem rumo e, atravessando pequenos bosques apertados entre montanhas, subiam sempre. Elza olhava agora, maravilhada, por sobre a terra, que despertava, úmida e fresca, a fuga da névoa, rápida e fantástica. Era um véu que se rompia de encontro a um grupo de pinheiros, recompondo-se mais adiante, para se esgarçar de novo, como um fantasma erradio e disforme numa fuga pelos ares. Flávio olhava para a companheira. Via-a rosada pelo exercício e pela luz matinal, tocada pela graça do orvalho, fresca e recém-desperta como a terra. Tomou-lhe o braço, numa atitude de camaradagem. Que podia Elza recear? Não era Flávio seu amigo? Acaso não haviam passeado em lugares mais ermos e mais distantes?

Mas, calada, ao contemplar a estrada que desaparecia adiante, numa curva, segredava-lhe o seu instinto: "Preserva-te. É agora".

Pensou em Osvaldo, de repente, um segundo. Antes ou depois do beijo? Já não podia saber. Perdera nos braços de Flávio a sensação do tempo e, dócil e submissa, ficou presa aos seus lábios, trêmula e palpitante. Depois, quando se desfez o poder mágico, Elza começou a chorar baixinho como criança. Sentia-se mesmo pequenina nos braços de Flávio, e essa sensação de fraqueza era-lhe intolerável.

Debalde Flávio lhe dizia as palavras carinhosas, as mais carinhosas. Ela pôs-se a andar novamente, mas dos seus olhos claros as lágrimas caíam.

"Osvaldo", pensava. "Osvaldo, eu não quis, eu não quero..."

— Elza... o seu cabelo. Você tem um espelho? O seu cabelo parece de cristal, todo orvalhado!

Ela passou maquinalmente a mão pela cabeça, distraída, distante.

— Você desmanchou, que pena, agora não poderá mais ver.

— Era um cristal... Partiu-se, acabou-se.

Dizendo isso, fitou-o com uns olhos cheios de pranto, desolados, enervados. Olhos que se fechavam agora, docemente, porque outro beijo se aproximava.

À hora do repouso, à sombra do angico, ganhou-a uma suave e deliciosa preguiça. Quem a visse, imóvel na *chaise-longue*, as pálpebras descidas, pensaria que estivesse dormindo.

Os gêmeos brincavam perto e enchiam o ar com os seus gritinhos agudos. Turquinha chegou, abriu o livro e começou a ler. Tornara-se espírita. Era o *Evangelho dos Espíritos* que viera no meio dos livros de Moacir.

— Elza.

Elza abriu um olho, depois o outro. Turquinha começou a falar, aos borbotões, sobre Moacir, sobre as manifestações espíritas.

— Em breve poderei comunicar-me — dizia com uma expressão ardente.

— Ora, estava dormindo tão bem...

— Mas já é tarde!

Letícia chegou do Correio com a fisionomia transtornada. Mal podia falar.

— Madrinha escreveu... Soube que eu já estou boa. Quer que eu desça. Só me dá um mês de prazo... Corta a mesada se eu ficar!

Elza balbuciou um "que pena". Turquinha abraçou-se a Letícia com desespero. Letícia desprendeu-se, rubra, e, tirando do bolso do casaco um envelope, apresentou-o a Elza.

— É do Osvaldo. Desculpe, ia esquecendo. Estou tão comovida!

28

Firmiana continuava trabalhando como sempre, mas não podia esconder seu estado. As moças fingiam não perceber nada, e dona Sofia às vezes deitava-lhe um olhar pelo corpo que parecia dizer "vai para tal mês". Mas, como as "meninas" nada sabiam e nada desconfiavam, ia deixando a rapariga no emprego, certa de que seria difícil achar outra que desse conta do serviço.

Afinal, quando a aparência da cabocla se tornou chocante, chamou-a e disse que não poderia continuar mais ali.

— É uma vergonha. Isso aqui não é casa de gente à toa. Você quando se empregou sabia que aqui só moram moças de família. Então por que não foi procurar outro lugar onde morasse gente de sua espécie?

Firmiana tornou-se humilde, ajoelhou-se, abraçando as pernas de dona Sofia.

— Não me mande embora, por Nosso Senhor. Meu pai me mata. Nem tive coragem de ir lá em casa, e a mãe me disse quando veio entregar a roupa que eu sumisse de casa. Ele me mata! Ele me mata!

— Devia pensar nisso antes. Aqui não é asilo. Além de tudo, já tomei outra empregada.

Firmiana começou a gritar. Era um choro bárbaro, um soluçar alto e pungente que lhe sacudia o ventre.

— Meu Deus, meu Deus! Que há de ser de mim?

Levava as mãos à cabeça e gritava, quase como quem pede socorro.

— Silêncio! Não vê que as meninas ouvem? Fique quieta, fique quieta. Vamos ver o que se pode arranjar... Olhe o escândalo...

Abriu-se a porta da cozinha. Elza e Lucília apareceram.

— Vão embora — disse dona Sofia. — Isso não é para vocês.

— O que é que você tem, Firmiana?

Elza tocou carinhosamente no ombro da rapariga, que soluçava agora, mansamente, sentada no banco da cozinha. Ela tomou a mão da moça, cobriu-a de beijos e lágrimas e disse baixinho:

— A gente perde a cabeça...

O ventre subia e descia ao compasso dos soluços.

Dona Sofia segurou firme o braço de Lucília e, empurrando Elza, falou áspero:

— Saiam daqui. Não quero que vejam estas coisas.

Pela primeira vez, à noite, em segredo e silêncio, reuniram-se todas no quarto de Lucília, e depois, todas com a cabeça enrolada em echarpes, cobertas de agasalhos, desfilaram como amáveis fantasmas pela sombra. Dona Sofia dormia o sono dos justos. Elza lembrou-se daquele vulto fugindo naquela madrugada... "Meu Deus, como o tempo passa..." Turquinha bateu na porta do quarto da empregada e chamou baixo:

— Firmiana!

Espera. Elza cobriu o rosto com a ponta da echarpe. Lucília procurava conter num grunhido rouco a tosse que queria vir.

— Mais alto, precisamos chamar mais alto, "o sono da gravidez é muito pesado" — sentenciou Letícia.

— Muita prática, trinta anos, no mínimo, nos hospitais de Viena e Berlim — disse Lucília com voz fina.

— Não vim aqui para ouvir seus comentários desenxabidos. Firmiana!

Desta vez, a cabocla ouviu. Abriu a porta. As moças entraram. Turquinha virou a chave por precaução. Firmiana, de camisola branca, tinha os cabelos soltos e uns olhos vermelhos e inchados de choro e de sono.

— Meu Deus, que vergonha. Dá licença, dona Elza, deixe eu estirar a cama... Agora pode sentar... Sentem aqui, não tem cadeira...

— Baixo, Firmiana. — Elza levou os dedos aos lábios.

— Viemos aqui ver se podemos fazer alguma coisa por você.

— Quem sou eu para dar tanto trabalho!

O choro rompeu de novo, violento. Letícia perguntou:

— Quando espera a criança?

— Deixa ver... em junho — disse com firmeza.

Turquinha, num roupão cheio de ramagens, pálida como cera, sem a pintura, disse quase sorrindo:

— Vou fazer umas coisas para você. Uns paletozinhos... a manta. Coitadinho, em junho faz tanto frio...

Firmiana ria entre lágrimas, quase lisonjeada. Elza abraçou a cabocla.

— Todas nós gostamos de você. Quer que eu fale a seu pai?

— Ai, meu pai é bom... Tem um coração que só vendo. Mas, quando vem raiva, fica que nem louco. Ele me mata!

— Esse homem que fez mal a você devia reparar... Você sempre foi direita. Devia ao menos sustentá-la até que pudesse trabalhar. Ah... ele é ruim. Que homem nojento! Se pudesse, trancaria aquela criatura na prisão a vida toda! — Elza exaltava-se.

Firmiana cobriu o rosto com as mãos escuras e gretadas.

— Não, dona Elza, eu é que tenho de pagar. Moço fino, moço branco que nem ele, eu via logo que mais dia menos dia ele ia embora e me largava... Não tenho raiva dele, não. A gente não é criança. Sabe o que está fazendo. Então eu logo não via que aquele amor não era de casamento? Não há de ser o primeiro nem o último filho sem pai no mundo... Deus é grande.

Ficaram todas caladas. Elza falou na visita à família da cabocla. Deixasse para entrar em casa só de noite... De tarde, iriam todas lá falar com o pai.

— Não tenha medo, Firmiana.

132 | DINAH SILVEIRA DE QUEIROZ

Letícia consolou a cabocla, deu-lhe um abraço.

— Levaremos um dinheirinho. Isso não vale nada, mas sempre ajuda...

— Sempre ajuda — repetiu como um eco a cabocla.

Turquinha, Elza e Letícia saíram, deslizando como sombras. Lucília quis ficar, ficou.

— Se eu não fosse doente, ficava com o seu filho — disse pensativa. — Que é que você sente? É ruim, a gravidez?

— Não... Só sinto o peso... dor nas pernas... No começo era pior. Tinha tonturas... quase caía. Nem sei como ninguém notava...

— E você não sente mais nada?

— Sinto ele bulir... Revira que só vendo. — Ria, envergonhada. Depois disse: — Pecado eu estar contando essas coisas a uma moça como a senhora.

— Firmiana, você quer ir para junto dele? Vá, Firmiana.

Lucília meteu a mão no bolso. Tirou uma nota de duzentos mil-réis.

— Isso dá para a viagem, não é? E eu posso lhe dar mais — disse sofregamente, impetuosamente.

Firmiana ficou pensativa. Os olhos acesos, cheios d'água, olhavam para longe, ansiosamente, querendo varar distâncias.

— É melhor não. Quando um homem não quer mais a gente, não adianta correr atrás...

Lucília ficou sem saber o que dizer. Por que lhe faziam mal aquelas palavras?

— Dona Lucília, a senhora foi tão boa... Não leve a mal. A senhora me dá o dinheiro, e eu falo com o pai.

29

Como os embrulhos pesavam!

Lucília sentia no peito aquela pequena queimadura que a respiração parecia avivar e pensava, olhando para os campos ermos e desolados, que, afinal, com médico ou sem médico, a doença continuava presente, mas de um modo razoável. O amor não lhe trouxera prejuízo. Doutor Celso pintava-lhe quadros horrendos resultantes do descaso de certos doentes. Elza, com aquele seu comodismo, estranhava sua vida. Mas como sentia vibração e energia dentro de si indo ao encontro de Bruno!

"Bruno, querido amor. Bruno, tão longe da minha vida e por isso mesmo tão dentro de mim..." "Que bom que estou chegando!", pensou, já distinguindo as amáveis e familiares árvores do bosque.

Que tolas as prescrições, certas proibições médicas! Dum livro que lhe deram no hospital, ficaram-lhe as palavras: *"Jeune-fille, pas de mariage: femme, pas d'enfant: mère, pas dalaitement".* *

Tão pesados os embrulhos! Eram doces, frutas e biscoitos para Bruno. Ele ficava no seu canto, cercado pelas latas de conservas, mas como festejava gulosamente o que ela lhe trazia!

"Bruno." Enternecia-se sem saber por quê. Pela solidão? Isso nunca. Era um desses espíritos que nascem livres e tiram de si as energias de que necessitam. Mas, quando ele falava "na obra que vai revolucionar o mundo" e os olhos cresciam, abertos para um ideal poderoso, que ternura lhe vinha dele!

---

* "Jovem, sem casamento; mulher, sem filhos; mãe, sem amamentação." [tradução livre]

Desceu a rampa, chegou à casa. A porta aberta, batendo levemente. Lucília entrou pressentindo aquele beijo sempre novo, sempre diferente e sempre o mesmo: o da chegada. Bruno não estava na sala. Foi à cozinha, largou os embrulhos no chão com um suspiro. Bruno também não estava ali. Talvez tivesse saído. Saía tão raramente. Mas... estava tudo tão esquisito, tão calmo, tão em ordem...

Uma onda quente de sangue avolumou-se, subiu e aqueceu-lhe violentamente o rosto. Na sala... Meu Deus, que seria aquilo? Onde estavam os livros? E a escrivaninha, por que teria sido empurrada à parede, sem mais nada em cima? Bruno tinha resolvido arrumar as coisas, chamara alguém...

— Bruno! — gritou.

Assustou-se com a própria voz. Uma folha da janela bateu. Uma lufada entrou. Como fazia frio! Como começou a fazer frio, muito frio, de repente! Lucília fechou a janela. Chegou-se à lareira cheia de cinzas, de lenha enegrecida. Ia fazer fogo e esperar Bruno. Ali estavam os fósforos. Junto do fogão havia lenha. Mas por que não agia, por que ficava imóvel? Doíam-lhe os braços. O corpo todo doía. Aqueles embrulhos tão pesados... E o caminho tão longo! A porta começou a bater interminavelmente com pancadas secas e compassadas. No meio do chão papéis revoaram. Eram pobres coisas criadas e rejeitadas pelo escritor. Lucília apanhou uma folha, piedosamente, como se tivesse vida e fosse um animalzinho abandonado.

As letras empastadas, torcidas, como árvores no vendaval, as letras tão parecidas com as ideias, as singularidades de Bruno, aquelas letras tremeram, dançaram e foram aumentando, aumentando até se enlaçarem, se confundirem numa nuvem cinzenta.

Eram as lágrimas. Lucília sentiu uma moleza pelo corpo todo. Deitou-se na cama áspera, sem lençóis, e, de olhos abertos, luzentes d'água, ficou longo tempo fiscalizando-se, esperando aquilo que estava para vir, aquela dor que arrebentaria lancinante daí a pouco. Ouvia o coração que se descompassava, atrasava e voltava ao ritmo com uma energia que vacilava em breve, novamente.

Invocou Bruno. Era seu. Homem-fantasia, amante irreal da sua vida de abandonada. "Onde estou? Em casa? Sim, estou sonhando em casa. Deve ser um delírio da febre. Amanhã melhorarei, voltarei à casa dele. Esta cama não é a de Bruno... Esta casa..."

O tempo corria, entretanto, e a sensação da fuga dos momentos era-lhe quase física. Forçou Bruno invisível a debruçar-se sobre ela, a tomar-lhe a boca. Quis provocar a sensação que ela criava sempre quando se lembrava dos seus beijos. Quis as mãos de Bruno correndo maciamente por seu corpo. As mãos não desceram sobre ela.

Sombras entraram e se postaram imóveis. Lucília sentiu-se alcançada, possuída pela escuridão. Veio-lhe um medo vago. Levantou-se, saiu. A noite estava fria e espessa, e o mundo era negro e imenso, com distâncias que o pensamento humano jamais alcançaria.

30

O pequeno abajur velado de verde punha lívidos reflexos no quarto em desordem e imprimia sobre a parede branca a silhueta de uma Lucília imensa, deitada de lado. Turquinha abriu o armário, tirou a camisola de gaze e veio com ela suspensa no braço, deitando à doente um olhar de indulgência e simpatia. Lucília parecia dormir de olhos abertos. Nem se moveu.

— Vamos, vamos! Doutor Celso já deve estar chegando. — Lucília sentou-se. Turquinha passou-lhe a camisola. — Penteie-se agora.

— Não, não, dói-me a cabeça. Chega de arrumações.

Deitou-se, deu as costas a Turquinha.

— Se você precisar de alguma coisa...

— Eu chamo, está direito, obrigada.

Quando o médico chegou, ainda estava na mesma posição. Elza veio com o doutor Celso.

— Está dormindo, coitada. Há noites que não dorme direito.

Lucília voltou-se repentinamente, com uma expressão turva, os cabelos emaranhados.

— Estava acordada.

— Melhor, melhor, vamos conversar. Então, lembrou-se de mim, mandou-me chamar... Só se lembra do doutor Celso quando está em apuros... — Doutor Celso procurava dar à conversa um tom de brincadeira.

À luz verde, debruçado sobre Lucília, suas olheiras profundas davam gravidade e certa tristeza à fisionomia de aspecto infantil. Procurava dar à conversa um quê de camaradagem, mas não encontrava eco na doente, sempre em expressão hostil, fechada.

— Foi Elza quem o chamou.

— Hum... Era preciso. Que é isso? Que greve é essa?

Elza, de pé atrás da cabeceira da doente, falou:

— Ela tem passado mal! Tosse tanto e nem dorme... Ficou assim pior depois de um grande choque... — Lucília retesou-se na cama com chispas nos olhos. — Teve um grande aborrecimento na família — continuou Elza, imperturbável —, e isso a afetou bastante.

Lucília fechou os olhos, e um ligeiro tremor sacudiu-lhe o corpo.

— Que pena! Pensei que você fosse menos sensível... Nunca me falou de ninguém... — Das pálpebras descidas, grossas lágrimas caíam. — Está nervosa, não se entregue assim. Há uma coisa que é necessária à cura: uma boa dose de egoísmo. Pense em si mesma primeiro e depois terá muito tempo para pensar nos outros. Agora, ponha o termômetro, vamos ver isso como está.

Lucília colocou o termômetro com um ar distante, displicente. De repente, uma chama de vida irrompeu nela. Sorriu um sorriso buliçoso.

— Está cada vez mais bonito, mais bem tratado. Como a Olivinha é feliz!

"Ora, graças a Deus, ela volta ao natural!", pensou o médico mais animado.

— Como é feliz... também. Podia se ter apaixonado por uma doente. Convive com tantas, tão bonitas... Acha possível que alguém sadio possa apaixonar-se por uma doente sabendo que é uma doente?

— Que pergunta! Mas penso que sim. Eu quase me prendo a você — disse o médico em tom de brincadeira.

— Você sempre foi perigosa. Então, quando uma vez estava toda de azul, com uma fita nos cabelos, senti aqui por dentro uma coisa que podia ser o *coup de foudre*[*], mas recalquei com minha dignidade profissional.

Ria fazendo graça, com aquela sombra de cansaço e tristeza nos olhos. Lucília disse gravemente, mas sem mágoa na voz:

— Estava com esta mesma camisola.

— Está com febre? — perguntou Elza.

— Um pouco. Descubra as costas, Lucília. Vamos fazer o exame.

Quando terminou, passeou pensativo pelo quarto, chegou à janela, que recortava sobre a noite um pequeno horizonte verde-claro. Debruçou-se, olhou para os lados, para a frente, divisou a rua das pereiras.

— A vista deve ser linda, desta janela, no tempo da florada!

Elza, que o acompanhava, percebeu uma emoção escondida nas palavras do médico. Doutor Celso voltou para junto da cama, com uma súbita decisão.

— Preciso dar um conselho.

— É o seu fraco...

— Sim, mas desta vez é quase... uma ordem. Você descuidou-se, e eu já observava isso há muito tempo. Tinha, entretanto, o exemplo de Elza, que, sempre controlada, fazia o repouso com método e não se excedia nos passeios. O resultado é que está hoje em ótimas condições. Receio, Lucília, que o uso do pneumotórax não dê mais resultado no seu caso. Mas há outra solução. Se fizer um repouso de muitos dias, alimentando-se bem, poderá fazer...

Turquinha entrou pensa, com ar humilde, com aquele jeito de avezinha doente. Sobre o rosto de Lucília passou repentinamente um sopro violento de vida, de reação.

— Ah, não, isso não! Prefiro morrer. — Olhava Turquinha. — Não quero fazer a toracoplastia. Não quero ficar aleijada.

---

[*] Amor à primeira vista.

Turquinha abriu a boca para dizer qualquer coisa e empalideceu por baixo da pintura. Tremeu toda e levou as mãos ao rosto, saindo do quarto. Lucília continuava:

— Não, doutor Celso, não quero que os outros tenham pena de mim... Não quero...

Veio um acesso de tosse violento, cortado de soluços. Doutor Celso, comovido, tomou a mão de Lucília, procurando acalmá-la.

— Não falemos mais nisso hoje. Não precisa ter esse medo. No seu caso quase não se notaria diferença. As mulheres têm tanto jeito para encobrir pequenos defeitos! Ninguém perceberia, e além disso você ficaria mais gorda e bonita... Amanhã volto para conversarmos.

Elza sentou-se ao lado da doente, abraçou-a carinhosamente. Lucília, acalmada a tosse, chorava baixinho. Depois, fez um esforço, engoliu uns soluços e sorriu por entre lágrimas para doutor Celso, nuns restos de faceirice instintiva.

— Assim... Quero ver outra cara antes de ir embora. Melhor! Bem, amanhã eu volto e vamos conversar sem manhas.

Quando o médico saiu, Lucília desceu a camisola, descobrindo o ombro franzino e branco que palpitava nervosamente, como uma asa, e olhou-o quase com amor. Elza lembrou-se daquela madrugada. "É bom a gente ser moça e perfeita, pelo menos por fora..."

A doente continuava de perfil, os cabelos caindo, roçando no ombro esquerdo. A mãozinha tremulamente o afagava, contornava-o com carinho.

— Não... não quero que fique deformado. Aprendi a amá-lo com Bruno. Beijava-o aqui... — A mãozinha continuava o passeio trêmulo. — E dizia, quando o beijava, que era lindo e branco como porcelana.

31

Letícia ainda esperou uns dias por qualquer coisa que lhe servisse de bom pretexto para adiar a viagem. Tudo em vão. Na última visita ao consultório do doutor Celso, pôde ver suas radiografias no fichário, com as várias datas. A cicatrização parecia definitiva, e seu caso, encerrado, como sendo de excepcional felicidade. Passou pela radioscopia e foi ouvir a confirmação de que estava "pronta" para descer. Teve um aperto no coração enquanto se vestia e olhava para o ambiente onde, durante tanto tempo, lhe dispensara o médico aquela atenção, aquela intimidade. Quando acabou de se vestir, passou à sala vizinha. Doutor Celso escrevia qualquer coisa. Via com emoção sua cabeça, que pendia sobre o papel, e se lembrava de quantas, quantas vezes a tivera encostada ao seio, sentindo-lhe o perfume. Doutor Celso pressentiu Letícia, fê-la sentar-se e lhe deu vários conselhos, para que continuasse sempre bem. Estava contente, bem-humorado.

— O clima de Campos do Jordão é o grande médico, mas ninguém poderá avaliar a sensação que experimentamos quando permitimos a descida de alguém completamente curado. Será talvez como se tivéssemos libertado um prisioneiro. — Como Letícia estava bem! Mais bonita! E que cor! — Lá embaixo poucas moças podem competir com você...

— Já marquei a viagem. Vou daqui a uma semana.

Letícia despediu-se, atravessou a sala cheia de doentes e, cumprimentando rapidamente, alcançou a porta da rua com o coração apertado. Começou logo no dia seguinte as despedidas e quis rever lugares e passeios. "Você se lembra?", perguntava amiúde, armazenando lembranças e sensações que deveria levar. Visitou Araci.

Araci também partiria em breve, ia morar com a mãe. Mas que diferença! Com que prazer se entregava ela aos preparativos da viagem! Foi com Letícia ao quarto, mostrou-lhe os vestidos que recebera. Num armário perfumado com pequenos sachês alinhavam-se as roupinhas dos gêmeos. Chuca e Nitinho também já estavam prontos para descer. Levou Letícia para vê-los. Brincavam na varanda envidraçada com uma minúscula e completa estrada de ferro. Araci tomou os meninos nos braços, que resistiam rindo e querendo fugir:

— São pesados! Tão pesados! São uns gorduchos! Já estou boa... e mal posso com eles — disse arquejando, feliz. Depois encarou Letícia com um lampejar de olhos e certa malícia afetuosa, como quem está prestes a dar um prêmio longamente cobiçado: — Agora você já pode... Pegue neles também!

Os dias eram tristes na pensão. Lucília nunca mais deixara a cama. Letícia não a visitava. Entretanto, depois que marcou a viagem, esqueceu os ressentimentos antigos e foi ver a companheira que fazia provisão de forças para a internação no hospital, onde deveria ser operada. Foi vê-la e apiedou-se daquele seu modo largado, daquela indiferença por si mesma. Conversaram polidamente como duas estranhas. Letícia contou-lhe sobre as despedidas, os planos.

— Chegando a São Paulo, vou procurar emprego. Não quero mais ser pesada à madrinha... Ah, sabe? Araci também desce!

— Também — disse Lucília. — Araci vai descer, e Elza, qualquer dia destes, também desce. Belinha, você, Elza... Só eu fico. Fico com Turquinha. Como a Turquinha...

Letícia viu que já não eram inimigas. Não podia querer mal a Lucília, nem que se obrigasse a isso.

— Sim — disse com meiguice. — Todas se vão, mas você fica: com o doutor Celso... E eu trocaria, Lucília, a minha volta, a minha saúde, para estar no seu lugar...

— Você não tem jeito nenhum para gentilezas — disse Lucília, comovida apesar de tudo.

Chegou o dia da troca de retratos, dos endereços, do "você me escreva contando tudo". Elza sentia a separação da amiga, mas via que duraria pouco. "Em breve terei de ir", pensava sem saber se com tristeza ou alegria. Mas Turquinha entregou-se a um profundo desespero. Só lhe restavam agora a fria companhia de Elza e aquela esperança das comunicações com Moacir, aquela ideia de vida futura. Às vezes tinha vontade de aproximar-se de Lucília, mas sentia que a sua presença lhe era prejudicial, era-lhe como que uma advertência cruel. Turquinha, com uma espécie de paixão, ajudava a amiga nos preparativos, apesar da tristeza da partida. Letícia cuidou dos vestidos, alargou-os ainda mais e dispensou à pele um cuidado especial.

— Como arranjei sardas com este sol!

Turquinha mexia em seus potes de creme, em suas perfumarias, e lá vinha com qualquer coisa para a pele de Letícia. Letícia cobria o rosto e o pescoço de pomada e se sentava com a amiga no meio do quarto, revendo velhos papéis, colocando no álbum as fotografias que devia levar.

— Olhe esta, aqui, naquela vez em que o doutor Celso nos levou de automóvel à Fonte Renato... Olhe Elza como era magra, que horror! Olhe Belinha como estava bonita aqui, parecia uma princesinha! Veja esta de Belinha junto da macieira florida, pouco antes de... e com Dom José, coitado, ao colo... Hoje ninguém se lembra dele.

Quis rever o gato, que, esquecido, se tornara desconfiado. Correu atrás dele, pela casa, ajudada por Turquinha e pela nova empregada, a pretinha Maria do Carmo. Maria do Carmo apanhou-o mostrando carne crua. O bichano deu uns grunhidos, com voz grossa, murmurou ameaças, mas se foi aquietando no colo de Letícia, que o afagava, e substituiu a zanga por um rom-rom doce e meigo, bulindo compassadamente com a cauda, arrepiado de prazer.

— Coitado — disse Letícia. — Sua dona foi embora, ninguém mais quer saber de você.

Levou-o para o quarto de Turquinha. Colocou-o em cima da cama. O bichano cerrou os olhos, inebriado, e encolheu-se. Letícia via Belinha clareando o quarto, via que ia deixá-la, que iria para longe da sua influência, da sua lembrança...

Chegou o último jantar. Elza cerrou as janelas da sala e foi ao quarto de Lucília. Tirou do armário o penhoar de lã.

— Vista-se. Vamos jantar todas juntas.

— Doutor Celso obrigou-me a ficar deitada.

— Mas isso não faz mal. Só uns momentos!

Lucília deixou-se vestir.

Ao sair do quarto, andando devagarinho, arrastando as chinelas, murmurou entre dentes:

— Que decadência!

Dona Sofia mandara fazer sopa de ervilha para agradar a Letícia e falava no lanche que aprontara para a viagem.

Letícia excitou-se com a sopa.

— Ah, que gostosa, que maravilha!

Buliu apenas no prato.

— Quando você chegar, telefone para casa, sim? — disse Elza.

— Vou lá. Vou contar como você está bem. Quer que eu fale com sua irmã, Lucília? Quer que eu fale na sua operação?

Lucília engoliu a sopa, como alguém que sentisse a garganta doer, e falou:

— Deixe. Eu escrevo depois que ficar boa. Ela há de querer vir... Vai ficar assustada. — Engoliu com uma contração dolorosa no rosto, de olhos fechados, outra colherada. — Ninguém precisa saber. Deixe por minha conta. Costelas a mais ou a menos... afinal, isso só a mim interessa.

Houve um silêncio, um mal-estar.

Dona Sofia fez um elogio a Letícia.

— Diga a sua madrinha que senti a sua ida como se fosse uma filhinha. — Levou o guardanapo aos olhos.

Letícia murmurou uns agradecimentos. Com a ponta dos dedos, enrolava bolinhas de pão.

— Todas foram tão boas para mim... — O trabalho paciente continuava, e ela o fixava com certa obstinação. — Tivemos tantas alegrias juntas, tantas tristezas. Aprendemos a querer Belinha, que foi o que nos uniu... Vocês todas foram tão boas!

— Menos eu — resmungou Lucília.

— Ah, essas coisas a gente esquece. Até entre irmãs há brigas...

— Você está com pena de mim!

Elza entrou na conversa:

— Mande-me dizer o que acha do Paulinho. Mamãe disse que ele já deve estar me alcançando!

— Conto alguma coisa do Flávio?

— Não sei, Letícia. Só mesmo quando estiver com ela...

O tempo estava abafado. Havia certa angústia, uma preparação que persistia lá fora, na noite. Era a chuva. A chuva que desabava pesada e escorria como densa cortina pelas vidraças. Turquinha disse:

— Vocês se lembram? No dia em que vim para cá, o jantar foi assim também, com essa chuva na hora da sobremesa. Eu estava tão triste, achava que não podia me acostumar aqui, mas me lembrei do pedido de Moacir... "Fique junto de Letícia, ela é tão sua amiga e olha por você..." E agora você me deixa...

Teve uma crise de choro e foi para o quarto, onde Letícia entrava depois, aflita e desnorteada.

O dia amanheceu lavado, espelhante.

— Quando penso que talvez nunca mais apareça por aqui... Quando penso que amanhã ao abrir a janela não mais verei isso tudo... A gente se acostuma, Elza, e nem repara mais. Mas como aqui tudo é bonito, bem-feito. Esses morros redondos e aveludados, separados por bosques de pinheiros, e esse ar que a gente respira... — falava da janela, demorando o olhar em tudo, minuciosamente —, que a gente respira com prazer, que a gente repara nele, que não é como o ar das cidades de que nunca nos apercebemos.

Tratou minuciosamente da toalete, vestiu um *tailleur* marrom um pouco apertado, apesar de tê-lo aberto nas costuras. Estava bem, quase bonita, malgrado o ar estudado e um pouco provinciano de sua elegância.

Afinal chegara o momento. Almoçara distraída, sem saber bem o que comia, como se lhe tivesse fugido o paladar. Terminava quando Maria do Carmo chamou. Era Araci que queria abraçá-la do outro lado da grade. Atravessou a cozinha, passou pela sombra arredondada do angico, com as cadeiras preguiçosas fechadas e encostadas ao tronco. Já agora estava no sol, junto da cerca. Perto de Araci radiosa, as duas cabecinhas louras. Araci abraçou-a.

— Você há de ser feliz e em breve esquecerá a doença. Logo estaremos juntas! — Piscava, sem ter mais nada que dizer, notando com surpresa a grande comoção de Letícia. De repente, elevou Chuca à altura do rosto da amiga. — Deixa beijar, filhinho, essa pode.

Letícia beijou-o nos cabelos e depois na face lisa e quente do sol. Nitinho estendeu-lhe os braços. Araci o elevou acima da cerca...

Letícia voltava ao mundo dos sãos.

Já agora, no automóvel, demorou o olhar no grande terraço, onde, de dentro da janela, pálida e despenteada, Lucília aparecia enrolada num xale. Elevou um lenço e acenou vagarosamente. Ao lado, dona Sofia, agitada, batia com a mão. Letícia olhou a fila de pereiras, a estrada que subia para longe, para lugares escondidos para sempre. Quando o automóvel se pôs em marcha, reviu atrás da casa o angico, a cerca, a casa de Araci... Segurou a mão de Turquinha, apertou a de Elza. A estação já estava lá embaixo... Pararam em frente, junto do automóvel de Olivinha, apoiada à direção, esperando, amuada.

— Doutor Celso veio!

Letícia desceu rápida, alisou o *tailleur,* endireitou o chapéu, puxou-o mais de lado. Turquinha disse:

— Ponha pó no nariz, está vermelho...

Letícia empoou o nariz e entrou na estação, onde o médico e Flávio já estavam. Flávio arranjara um bom lugar no trem e lhe trouxera revistas.

Que dizia doutor Celso? Ah, sim, que lamentava sua ida. Eram amigos de tanto tempo! Mas não podia desejar a sua volta, seria mau sinal. Talvez se encontrassem em São Paulo algum dia... Acabava assim. Ficariam, como as últimas, essas suas palavras.

Gente entrava no trem. Um casal vinha de Capivari, acompanhado até Abernéssia. Os amigos desceram bulhentamente. Davam hurras aos que partiam risonhos, debruçados à janela.

Letícia despediu-se das amigas, distraída, atordoada pelo ruído e pela emoção. Falou com Turquinha, que chorava copiosamente, e com Elza, como se fosse voltar no dia seguinte, beijando-as de leve nas faces. Apertou a mão de Flávio... tocou de longe na ponta dos dedos do doutor Celso. Entrou no vagão.

Passageiros subiam apressados. A campainha tocou. Letícia não aparecia à janela. De repente, ei-la que desce aos encontrões. Está diante do doutor Celso. Terá resolvido ficar no último momento? Não. Enlaça o médico num abraço desajeitado, beija-o rapidamente e, de cabeça baixa, toma o trem e desaparece, enquanto das janelas lenços brancos se agitam e diminuem, e despedidas se confundem e se apagam na distância cada vez maior.

32

Doutor Celso esperava no automóvel. Lucília saiu do quarto com um pesado mantô em cima do penhoar, arrastando os sapatões baixos que usava nas caminhadas. No terraço, Elza endireitou-lhe o cabelo emaranhado, preso com uma fita azul.

— Ponha um pouco de ruge — observou Turquinha. — Dizem que nesse sanatório há muito luxo!

— Nada, assim está muito bem. Pensam que o doutor Celso não tem horário? — perguntou dona Sofia, que, num gesto ao mesmo tempo protetor e autoritário, abraçando Lucília, levou-a para o automóvel.

Ela ainda riu um riso fraco e cansado, na claridade da manhã, e murmurou:

— Para que essa pressa?

Do portão, mandou dois beijos moles na ponta dos dedos.

Turquinha adquirira o hábito de filosofar sobre a vida, a morte, a eternidade, depois que se entregara ao espiritismo. Enquanto Elza lia na sala um romance esquecido por Lucília, tentando uma distração, ela começava um sombrio monólogo. Dizia que a vida é castigo. Talvez Lucília em breve terminasse sua tarefa e fosse chamada à desencarnação. Nunca vira ninguém tão só e abandonada! Elza não devia temer a operação de Lucília, porque, se morresse, seria até uma caridade divina. Não queria saber de ninguém, e ela, Turquinha, seria até capaz de jurar que nem da própria Elza Lucília era realmente amiga. Defendia que a vida é caridade, amor ao próximo. Quem se desfaz da caridade e do amor ao próximo é eterno desterrado...

— Que chateação! Pare com isso! Letícia foi embora, Lucília vai ser operada, e você com essas falas agourentas! Tantas já fizeram essa operação, você mesma já fez, e por que só há de ser Lucília quem morre?

Deixou Turquinha na sala e foi para o quarto. Sentou-se à escrivaninha e começou uma carta para Osvaldo. Era-lhe fácil escrever. Mandava pequenas cartas artificiais, contando passeios imaginários e minuciosos. Pintava romanescamente excursões magníficas por longínquas montanhas, visitas a cavalo às vilas próximas. Era fácil. Não recebia de Osvaldo cartas apenas descritivas, cartas de turista? De vez em quando, ele adquiria novas admirações na universidade e mandava dados extensos sobre o sucesso de tal ou qual colega nos esportes, nos estudos, nos amores... "Mostrei o seu retrato a Muriel, que jura ser grata aos deuses por você não ter vindo estudar aqui também... Roubaria o coração dos seus adoradores, que tanta vaidade lhe dão..."

Nessa noite, na noite imediata à internação de Lucília no hospital, Flávio apareceu com um companheiro. Ultimamente, suas visitas já eram um hábito tolerado por dona Sofia. Vinha jogar cartas com as moças. Uma vez trouxe numa bonita encadernação *A vida de Mme. Roland*, que traduzira e não trazia o seu nome, mas o do tio escritor, com grande destaque. Trabalhava, apesar daquela vida de passeios e de vagabundagens poéticas. Elza reconheceu o companheiro de Flávio, mas não pôde conter o espanto. Era aquele, aquele do hospital, que sufocava de tosse e tanto a emocionara. Como estava bonito! Como parecia saudável, corado até um pouco demais, e com aquelas maneiras exuberantes, aquelas risadas, e o jeito à vontade de esticar as pernas e empinar a cadeira, olhando as cartas na mão! Chamava-se Marcos e dizia que, quando descesse, terminaria o curso de Medicina. Desceria, ainda que não estivesse curado, e voltaria para clinicar... Os "cupins", dizia, não chegam a atrapalhar a carreira. Por aqui há médicos que já foram doentes ou ainda o são.

Vinha de Marcos um otimismo contagiante. Flávio falou nas paisagens que iria pintar. Revelaria a beleza da terra numa exposição no Rio ou em São Paulo. Depois, Turquinha ouviu histórias de Moacir. Marcos contava pequenos fatos corriqueiros com grande animação. Não parecia se referir a um companheiro morto. Turquinha entusiasmou-se, riu...

Dona Sofia veio com chá e biscoitos. Era a maneira de anunciar o adiantado da hora.

Elza apagou a luz, deitou-se, minutos depois. A noite era fechada, e as silhuetas apenas adivinhadas dos pinheiros velavam lá fora. A carta de Osvaldo. Flávio fazendo planos. Um bangalô, uma lareira e o mundo fechado ali. Letícia se fora, curada. Ela, Elza, já se sentia bem. Um dia desses tivera uma dor no ombro... Doutor Celso rira. Era uma dor muscular. Lucília seria operada. Lucília... Como seriam ambas no futuro? Sentia que precisava decidir, aclarar a vida. "Você fica como uma nuvem, indecisa e sem forma." Adiantava alguma coisa sondar aqueles mistérios? Saber o que Flávio representava em sua vida?

Perguntas afluíam, subindo, borbulhando dentro dela, e se desfaziam, estalavam ocas, enquanto outras, novas perguntas, a angustiavam.

33

— Ninguém poderia fazer mais do que eu. Procurei esse homem por todos os meios. Indaguei na vila pelo dono da casa. É o vendeiro, disseram. Fui a ele e nada obtive. O inquilino pagara os meses adiantadamente e não quis declarar o nome, no que o vendeiro não fez empenho. Era homem só e pagava adiantado... Escrevi ao meu tio, que, como você sabe, é um escritor muito relacionado, e lhe dei as indicações que você me forneceu. Respondeu-me dizendo jamais ter ouvido falar em semelhante obra e não conhecer ninguém que fornecesse alguma pista. Terminou a carta perguntando se eu não tinha piorado, se não estava com febre... Em todo o caso, disse, quem sabe se não viria ainda a descobrir o mistério? O livro tem que aparecer, tornar-se uma realidade, a menos que seja obra de um louco. Que posso fazer mais?

— Não o estou censurando, Flávio. Mas o estado de Lucília me impressiona. Como isso a afetou! Tem piorado. Tenho pena dela! Parece que fez recair sobre esse homem todo o afeto de que seria capaz. Só no mundo, fez dessa aventura sua razão de viver.

Iam pela linha do trem. Na sua frente, um casal passeava de mãos dadas. Flávio tornou:

— Os amores aqui são assim todos... Duram pouco. Muitos porque começam perto da morte, outros porque aquele que se cura esquece o outro que fica... A ninguém acontece, porém, o que aconteceu a Lucília. Não acreditaria nessa história se não fosse contada por você.

Deixaram a estrada, tomaram por um caminho entre casas humildes. Ao longe, um maciço de pinheiros, batido pelo sol da tarde, se destacava, castelo fantasma sobre a terra que ia escurecendo. Passaram rente a uma casinha de barro minúscula, sob a proteção de árvores sombrias. Um homem branco e robusto, sentado num banco à porta, ria e brincava com uma criancinha invisível sob os panos. A porta abriu-se, e uma cabocla moça e bonita apareceu, debruçando-se sobre o embrulho multicor, rindo e murmurando coisas.

— Esses estão plantados na Serra.

Elza contemplou o perfil de Flávio, andando a seu lado, com os olhos agora fitos no chão, ansiando por dizer qualquer coisa. Um enleio caiu bruscamente. A estrada se tornava íngreme. Elza sentiu a mão de Flávio apertando seu braço, ajudando-a na subida. Logo após, num largo portão, viram uma tabuleta: "É expressamente proibida a entrada a pessoas estranhas".

Flávio abriu calmamente o portão, sob os protestos de Elza.

— Que loucura, alguém pode vir!

Ele puxou-a pelo braço, rindo. Entraram numa alameda que subia e se afundava sombreada por pinheiros. Ao lado, rodeado de pereiras, um lago cinzento, dormente, com uma canoazinha envernizada.

— Aqui é lindo no tempo da florada. Junto d'água, as pereiras floridas se multiplicam. Quer subir? — disse, puxando a canoa bem rente à margem.

Elza olhou desconfiada para os lados. Flávio amparou--a, desamarrou o bote, que se afastou bamboleando. Ela encostou-se no fundo, quase deitada.

— Como você rema bem! Não sabia que remava assim!

— Remei muito. Quando larguei os estudos... Ora, não quero falar em coisas desagradáveis.

Elza observava-o. Vestia uma camisa branca de malha, e o sol da tarde alumiava-lhe os cabelos louros. O rosto aparecia moreno, com algo de selvagem e infantil ao mesmo tempo.

— Nunca vi ninguém com esse tipo; moreno-louro de olhos oblíquos...

— Nunca vi uma beleza assim. Queria pintá-la como está, deitada no fundo da canoa. Que linda!

— Cuidado. Fique onde está, não se mexa — disse Elza com um riso malicioso. — A canoa vira...

— Então, você pensa que eu fico aqui diante dessa beleza... só olhando...

"Como eram bonitos os dentes de Flávio e sua boca com o lábio inferior contando a sede de beijos..."

A canoa oscilou, pendeu perigosamente, depois ficou parada. Flávio resignou-se. Ficou muito tempo pensativo.

— Elza — disse suavemente —, você sabe que sou um condenado à montanha? Por duas vezes desci e tornei a ficar doente. Aqui tenho saúde, nem preciso de tratamento.

— Ora, você pode ficar bom. Tendo cuidado, você pode curar-se e viver em qualquer lugar.

— Como eu há muitos. Vivem bem, são fortes e dispostos... enquanto estão aqui. Alguns esquecem o mundo, dedicam-se a alguma atividade na vila. Pense bem e responda. Acha isso uma infelicidade? Viver assim... a vida toda, uma vida de muita renúncia, de grande isolamento, mas possuindo, profundamente, exclusivamente, uma criatura?

Ela fechou os olhos, recolheu-se, depois sorriu. Flávio julgou apanhar a significação do sorriso e remou, otimista e jovial, para a margem.

34

A buzina do automóvel chamava com insistência. Elza veio lá de dentro correndo.

— Então, como foi?

— Muito bem. Eu não dizia que não era preciso ninguém gastar seus nervos?

Elza suspirou, aliviada.

— Quando poderei vê-la?

— Daqui a dois ou três dias, quando puder conversar...

Elza atravessou a pequena avenida dos bangalôs dos acompanhantes, entrou no jardim e cruzou com um grupo de moças, que, enlaçadas, conversavam calmamente. Olhou o prédio de três andares com uma série de pequenos terraços de gradil baixo. Sua entrada foi verificada por várias mulheres, que assistiam das espreguiçadeiras à chegada das visitas, ao movimento do parque.

— Lucília de Castro Reis? A do 23, que foi operada?

A irmã de azul-claro e touca alva disse:

— Doutor Celso já permitiu a visita. Vou mandar uma pessoa acompanhá-la.

Elza ficou na sala de mosaico espelhante. Num nicho florido, uma Nossa Senhora estendia os braços protetores e maternais. Chegou uma servente, mocinha risonha.

— Por aqui, faz favor.

Atravessaram um corredor. Abriu-se uma porta. Duas moças de pé conversavam junto dum leito. *"Parlez-moi d'amour"*, cantou uma vitrola de dentro do quarto.

— Aqui é alegre!

— Ah, quando não há gente passando mal ao lado, podem tocar vitrola, abrir o rádio... As moças se divertem. Hoje de manhã muitas foram fazer piquenique lá no fundo do parque...

Entraram no elevador amplo e gradeado. "É tão comprido", pensou Elza. "Deve ser para as macas ou...". Sentiu um arrepio.

Chegaram ao terceiro andar. Passaram por um salão que devia ser a biblioteca. Algumas moças liam afundadas nas poltronas. Outras passeavam pela sala conversando. Havia em tudo um aspecto de hotel que intrigava Elza. A servente pareceu compreender.

— As que estão passando mal estão fechadas. Chegamos, é aqui.

O quarto tinha um aspecto tranquilizador e otimista, com cortinas de cassa à janela e mobília laqueada, moderna. Uma porta abria para um pequeno terraço debruçado, sobre o parque.

Lucília voltou o rosto tranquilamente. Elza chegou-se a ela emocionada.

Tinha o busto enfaixado e só o rosto aparecia, escurecido pelo contraste, com os olhos abertos à flor da pele, cercados de azul, claros e plácidos. As mãos se escondiam sob os lençóis.

— Que bom, Lucília, que bom!

Elza beijou-lhe a testa e, sentando-se no leito, não pôde reprimir lágrimas de intensa emoção.

— Fiquei tão nervosa. Não era nada, não devia temer coisa alguma, mas operação sempre assusta... Ah, dona Sofia manda isto — era uma lata com biscoitos —, e Turquinha vem qualquer dia.

— Limpe o nariz, sua boba. Você é manhosa. Chora por gosto.

— É mesmo. Se você soubesse como é bom... como é gostoso a gente chorar de alegria! Conte devagar. Como foi?

— Nem sei... Deixei que me preparassem, pensando: "Essa gente com todo esse trabalho, e eu nem volto da mesa de operação". Entrei para a sala, meio adormecida por causa de uma injeção de morfina, mas reconheci o coruja do doutor Nilton, que veio ajudar, e me lembrei que podia ter escrito uma carta deixando os brincos de brilhantes para você. Ligaram-me à mesa, voltaram-me de lado, percebia tudo, mas como se aquilo fosse com outra pessoa... e pensava: "Elza não perde nada, porque afinal não gosta do estilo dos brincos...". Ah, puxe o cobertor, estou com frio. Que é que você quer saber mais? Como eu fiquei? — Riso amargo, cruel. — Não terá tão cedo essa revelação. Vou ficar atada uma porção de tempo...

— Você está falando demais.

— Já posso. Há tantos dias que me operei... Mas, ai... Sinto-me quebrada. Parece que um caminhão passou por aqui.

Elza saiu para o pequeno terraço, aberto também para o quarto vizinho. Uma mulher loura, deitada na *chaise-longue,* escovava os cabelos. Tinha essa palidez suja e característica das louras enfermas, o nariz recurvo, a testa saliente, com traços de judia.

— Boa tarde...

— Antes me deseje boa-noite — disse a moça. — Há quatro noites que não durmo por causa de sua amiga...

— Coitada, foi operada.

— Coitada de mim que não pude dormir com a gemedeira. A gente vem para cá, gasta um dinheirão, e é isso, nem ao menos descansa. Ah... Sente-se, puxe a preguiçosa, estou doida para conversar. Isto aqui é tão monótono...

— Volto para junto de Lucília; ela estava falando demais, saí para que descansasse.

— Pode falar... Falar não mata ninguém. O que mata é o tédio. É esse dia que começa e não acaba mais, e a gente é obrigada a pensar e a olhar-se por dentro, pesquisar. "Aquele pontinho ali como estará? Essa febrezinha será nova coisa que arrebentou?" E a gente vai colaborando, aumentando a doença. É um inferno. Se tomasse qualquer coisa, um estimulante, ou se ao menos pudesse fumar, seria diferente. Mas esses médicos são estúpidos. Não veem que o moral é que me acabrunha... Até banho não querem que eu tome enquanto estiver com febre. A enfermeira me faz limpeza de francesa, a água-de-colônia...

— Elza!

Lucília chamou. A vizinha de quarto pediu que voltasse.

— Venha conversar depois... só um pouquinho.

— É meio louca — disse Lucília. — Você teve paciência de conversar com ela? As serventes e enfermeiras têm pavor. Vive se queixando... Parece que gostava de beber.

Lucília riu, procurando conter-se.

— Se rir, arrebento tudo. Mas escute. Elza, quando voltei da operação, vinha daí do lado um barulho terrível. Era a vizinha que bebera meio vidro de água-de-colônia... e começara a cantar. Doutor Celso zangou com todo mundo, e agora ela não pode ter nem perfume no quarto. Mas, como eu ia dizendo..., ai, estou moída...

A servente voltou com uma bandeja.

— Eu sirvo a doente. Pode ir.

Lucília tomou o leite em pequenos goles, mastigando lentamente os biscoitos.

— Hoje estou com fome. A enfermeira disse que eu falei uma porção de coisas na primeira noite... Eu, que só pensava em não falar, estava delirando. Falei em Bruno — a voz de Lucília era fraquinha, um fio de voz — e no mundo sem destino. Ficou por conta do delírio. A enfermeira contou ao doutor Celso. Ele tem alguma prática, mas, felizmente, nenhuma sagacidade. Quero perguntar uma coisa... Não, não, tire a bandeja, não quero mais nada. Quero saber e não tenho coragem...

Levantou as mãos trêmulas, cobriu o rosto.

— Você foi tão corajosa. Que pode recear?

— Chegaram... notícias?

O rosto estava descoberto, esperando, pronto para o castigo, com uma expressão dolorosa.

— Ainda não. Mas não deve desanimar. Há muito atraso ultimamente no Correio. Não recebo cartas de casa há quinze dias. O tio de Flávio ficou de sondar, descobrir Bruno.

— Você contou ao Flávio? Você disse tudo?

Lucília empalideceu terrivelmente e fechou os olhos, parecia morta.

— Foi pelo seu bem... Lucília, Lucília, que horror, vou chamar a irmã.

— Deixe... — disse num sopro de voz. — Não chame.

Elza, atormentada, segurava-lhe a mão, inquiria ansiosa a fisionomia da amiga.

— Não queria... que ninguém... o procurasse. "Quando um homem não quer mais a gente, não adianta correr atrás." Às vezes penso, sonho, que ele está numa aflição, querendo voltar... lembrando aquilo tudo e arrependido, escreve... Não, não posso pensar nisso. Elza, ajude-me, conte coisas.

Dos olhos apertados transbordavam lágrimas.

— Esteve lá em casa um companheiro de Moacir que eu vi quase morrendo de tosse. Veio morar na vila. Com uma cor que me deu inveja! Por favor, Lucília, seja otimista. Vai ficar boa e bonita, e ninguém notará nada.

— Deixe ver o espelho aí na gavetinha... Hum, estou uma múmia, toda enfaixada. Mas as múmias eram pintadas e mais apresentáveis.

A enfermeira abriu a porta. Era alta, maciça, um tipo alemão.

— Está cansando sua amiga... Já deve ir!

Elza despediu-se da vizinha de quarto, de humor diferente agora, com um olhar de tristeza animal derramado pela paisagem.

— Volto logo — disse a Lucília. — E alguma coisa me diz que volto com notícias. Durma bem, coma bastante. E, quando puder sentar-se, converse com a vizinha. É sempre uma companhia!

35

— Nem um grau de febre. Logo poderá voltar para casa. Tem dormido bem, nem é preciso perguntar. Terá que tomar agora um bom fortificante — examinou-lhe os olhos — e uma medicação glandular.

Lucília estava sentada na cama e tomou a mão do médico logo que o teve junto de si.

— Não me fale como médico. "Medicação glandular." Ontem encheu-me a cabeça de nomes, conversando aí junto com o doutor Nilton. "Toracoplastia extrapleural paravertebral..." Chega dessas coisas. Quero-o aqui junto, para conversar, para dizer que sou uma boba, que, quando me levantar, ninguém notará nada... Não, fique aqui junto.

— Ah, Lucília, você sempre teve tanta vida, tanta alegria! Já poderia estar curada há muito tempo. Que foi que andou fazendo?

— Andei amando.

A voz era sombria e estranhamente sarcástica. Doutor Celso riu.

— Mas há tempo para tudo. Para o amor... para o tratamento. Aliás, o amor deve ser dosado para os doentes. Nada de paixões. Apenas flerte, alguma coisa que traga animação, estímulo para a vida...

— E para os médicos? — tornou Lucília, espiando mais perto ainda.

— Não se cogita disso.

— Ah, não? Pois acho que sim. Interessa-me muito. É verdade que vai embora?

FLORADAS NA SERRA | 159

— Quem lhe disse isso?

— A vizinha do lado. Dizem por aí que a Olivinha quer ir embora, que tomou horror daqui e não volta mais... Dizem...

— Muito bem... E o que é que dizem mais? — tornou o médico secamente.

— Dizem que o sogro vai instalar um hospital em São Paulo para o genro brincar... — disse em desafio, olhando o médico, que corou violentamente.

— Lucília — tornou ele, procurando conter a voz, fazê-la o mais branda possível —, sempre a estimei muito, sempre procurei contê-la em suas extravagâncias, sempre lhe fui dedicado como amigo, mas nunca lhe dei o direito de meter-se na minha vida particular. Se eu quiser descer, quiser ir para outro lugar, outro especialista cuidará disto aqui e será um colega distinto em que ponho toda a minha confiança. Vamos... — disse nervosamente. — Amanhã poderá ir ao terraço devagarinho, sentar-se...

— Não mude de assunto. Já que me posso levantar, posso também dizer certas coisas. Não se zangue... Ando tão triste... que não quero fazer mal a ninguém. Quero apenas pedir... que fique. Não só eu. Muitas moças lhe têm grande afeição. Não é apenas o médico dessas criaturas, mas como que um Deus, um Deus que sabe, que vê e previne tudo... Para mim não é o mesmo. Vejo-lhe os fracos. Ah, se os vejo. Mas é a única coisa permanente que possuo. Dona Sofia não conta. Que ódio me dá com aquela sua hipocrisia! "Quero-a como se fosse uma filhinha", e a léguas de nós... Sofri muito e não tenho capacidade para querer a outro médico como eu o quero.

Doutor Celso afagou-lhe os cabelos com um ar sisudo e grave.

— Não fale tanto. Olhe que eu saio.

— Espere... um pouco.

As cortinas de cassa branca da porta do terraço tremularam, e um bafo perfumado invadiu o quarto. Lucília fechou os olhos, descansou uns minutos.

— Não deve ignorar tudo o que eu disse. É convencido como todo homem. E o que será de nós?

— Lucília, você sempre foi uma surpresa. Fugia de mim e agora me pede para ficar.

— Ai, queria ter a fé inabalável de Letícia. Então julga... — seus olhos tristes e imensos tiveram um clarão de malícia — que foi apenas o seu tratamento que a curou? Para esta vida de exílio, a medicação, o clima, isso tudo ainda é pouco.

— Sempre adivinhei isso em muitas doentes, mas nunca nenhuma teve a franqueza de dizer.

Lucília, com os dedos à guisa de pente, corria-os da raiz até a ponta dos cabelos, alisando-os para logo revolvê-los. Tinha inclinado a cabeça, curiosa pelo mal-estar visível do médico, um quê de felino, uma faceirice instintiva.

— E o beijo de Letícia não lhe disse nada?

Teve um riso agudo e rápido.

— A enfermeira passará mais tarde. — Doutor Celso estalou os dedos, muniu-se de displicência. — Mude de conversa para outra vez e procure descansar o lado o mais possível. E ainda outro conselho: não ouça os mexericos da vizinha. Não a abandonarei, Lucília, e só descerei quando não precisar mais de mim.

Lucília convalesceu. Pelas manhãs claras e tranquilas, pelas tardes cortadas de véus de neblina que se rasgavam ao longe, nas montanhas, nos pinheirais, assistia do terraço, como as outras doentes, ao vaivém do parque, à chegada dos médicos e das visitas. Ainda usava ataduras, e o penhoar de flanela grossa, largo, dava-lhe uma forma vaga. Esquecia-se um pouco da deformidade. Com o repouso, seu rosto clareara, adquirira nova beleza.

Elza veio com Flávio às vésperas da sua volta. Ajudaram-na a dar pequenos passeios à roda do quarto. Lucília pendia, forçando o lado bom, apoiando-se em Flávio. Aquilo a princípio era uma brincadeira, lutar contra aquele entorpecimento, mas logo se enervou e disse com cômica gravidade:

— Que fizeram com as minhas pernas? Ainda terei ossos nelas?

Sentou-se, cansada, o rosto coberto de um véu de tristeza. Flávio gabou-lhe o aspecto. Nunca estivera tão bonita. Alguma coisa apagara certa dureza dos seus traços.

— Agrade-me, elogie-me. Eu fico, e Elza vai... E você já sabe que não pode descer... Não encare isso como uma desgraça. Tenho-lhe inveja até! Não sinto mais saudades do tempo em que fui sadia. É uma coisa irreal, distante e perdida. Mas como me lembro daquelas corridas pelo campo, do vento zumbindo aos ouvidos no cimo dos montes! Eu era doente, mas era dona do meu corpo, como você é do seu, vagabundeando por aí! Veja do terraço essas doentes passeando, descendo e subindo as alamedas. Nem sabem como são felizes, e muitas choram e se maldizem...

Os dias encurtavam de novo, e o frio apertara. Na pequena varanda, coberta com pesada manta, Lucília sorvia amargamente o ódio, a prevenção que a vizinha fazia sobre tudo e sobre todos.

No dia em que voltou para casa, a companheira de hospital veio vê-la. A vizinha parecia pior, estava cada vez mais escura, com um ricto profundo que lhe suspendia o lábio e lhe emprestava um quê de escárnio e maldade. A enfermeira vestiu Lucília. A mulher loura devorava-a com o olhar, devassava com um gosto cruel o mistério vergonhoso daquele pobre corpo que não mais se queria expor.

— Depressa — disse Lucília. — O mantô, depressa. Que frio!

Vestiu o espesso agasalho e caminhou vagarosa, ajudada pela enfermeira, até o espelho do armário. Olhou-se demoradamente. Depois viu, no fundo, refletida a imagem da outra doente. A vizinha avaliava o nível dos seus ombros, com frieza:

— Tudo é engano e mentira aqui. Vê-se perfeitamente, até com o mantô!

36

— Aqui é a casa de dona Sofia?

Era um homem gordo, avermelhado, com ar aflito e ansioso. Trazia um terno cinza, apertado, empoeirado, e uma pequena valise que nervosamente passava de uma para a outra mão.

— Como é o seu nome? — perguntou Turquinha desconfiada, olhando para cima, para o desconhecido.

— Eu sou o Francisco!

Turquinha tinha um humorismo raro, difícil mesmo, mas foi com a fala entrecortada de risos que se referiu à visita.

— É um homem enorme, deste tamanho, e está dizendo que é o Francisco...

Dona Sofia encarou-a, admirada e perplexa pela maneira íntima com que o desconhecido se fazia anunciar, mas Elza deu um salto da cadeira:

— Não sabem? É o Chicão, o irmão de Belinha!

Correu para o terraço. Estacou, risonha, sem saber se o abraçasse. O viajante deixou cair a pequena mala e, enrubescendo, tomou desajeitadamente as mãos de Elza.

— É a Elza ou a Letícia? — perguntou depois, mirando-a com os olhos redondos, ternos e límpidos, sobre a face vermelha, luzente.

— Elza!

O homem balançou a cabeça devagar, sorrindo, olhando-a com um ar paternal. Logo, correndo os olhos pelo terraço e lá fora pelo caminho das pereiras, andando até a ponta da sala, exclamou:

— Ela estava bem aqui. Nada faltou, não é? Tinha o que queria... tudo.

Engasgou, murmurou um "desculpe", fechou os olhos energicamente. Dona Sofia mandou entrar. Chicão foi andando devagarinho, como quem receia acordar alguém. A mesa estava pronta para o café.

— O irmão de Belinha, o Chicão! Sente-se, por favor. Belinha falava tanto no senhor!

— Conhecia todas. A Lucília, a Letícia... onde estão?

— Letícia teve alta, desceu. A outra foi operada, está no hospital.

Chicão sacudiu a cabeça muitas vezes.

— A vida é assim, não? Uma... está lá com Deus. A outra... está curada. A Lucília no hospital, e a Elza aqui. Tão bonita! Benza-a Deus e lhe dê saúde para alegrar a família. Obrigado, não quero nada. Estou com um apertão na garganta... — Envergonhou-se. — Não é soberba, não é nada. Mas só de lembrar que ela viveu tanto tempo aqui... Onde é que ela se sentava?

— Aí mesmo. Era a primeira que chegava, voando, alegrinha, chamando as outras para a mesa. Queria-a como se fosse uma filhinha — disse dona Sofia, desta vez sincera.

— Tanto tempo que eu queria vir! Não tinha coragem. Queria saber como foi, direitinho, que ela viveu aqui. Conhecer a casa, a senhora, as outras moças... Deixei correr o tempo e um dia resolvi: "Vou lá, trago as coisinhas dela, vou ver o túmulo...". Onde é que ela dormia?

— No meu quarto. Isto é, eu fiquei com o quarto dela. O senhor quer ver, eu mostro...

Chicão entrou no quarto acompanhado de Turquinha e Elza.

— Aqui ela dormia? O quarto tão branquinho, tudo tão branquinho, parecido com ela. Se minha mãe visse... Coitada, imaginem... Dá licença de me sentar? — Sentou-se na poltrona, que baixou, afundou com o seu peso. — Não mudaram nada, não tiraram os móveis do lugar?

— Não.

— Ah! Era aí que ela guardava os vestidinhos. Minha mãe teve tanto trabalho, parecia que estava fazendo um enxoval de noiva... A gente lá em casa vivia bem. No interior a vida é barata, mas, quando Belinha ficou doente, não havia dinheiro que chegasse. Tudo tinha de ser do melhor. Mandamos chamar um médico de São Paulo, tudo, tudo para ela ficar boa... Mas Nossa Senhora não quis, queria ela. Ela era mesmo de Nossa Senhora. — Havia em sua tristeza a sombra de uma vaidade mística. — Mandamos Belinha para cá. Cada cartinha que chegava em casa era mais cheia de alegria. Sempre dizendo que passava bem, que voltava logo. Às vezes mandava uns retratinhos. Era aquela correria! Toda gente queria ver ao mesmo tempo. Cada vez mais gordinha, mais bonita! E aquele horror, depois!

Elza chegou-se afetuosamente.

— No dia dos seus anos, vestiu o vestido cor-de-rosa e ficou a coisa mais linda que os meus olhos já viram. E morreu logo depois, nesta mesma cama. Ainda parece que a estou vendo querendo segurar a mão do doutor Celso.

Chicão levantou-se. Dona Sofia entrou no quarto.

— Quer ver a mala dela?

— Amanhã cedo eu venho buscar. Volto amanhã. — Foi à janela. — Ela gostava tanto daqui! O lugar é mesmo bonito. Bonito, tão bonito... que dá um aperto no coração da gente!

Chicão quis ver o cemitério naquela mesma tarde. Elza acompanhou-o. Chegaram de automóvel ao portão gradeado que fechava a larga cerca de ciprestes. O portão estava cerrado. Havia um pequeno espaço livre sobre a montanha, e uma casinha modesta, ali junto, vertia pela chaminé uma fumaça que dançava muito branca, sopro de vida naquele mundo dos mortos.

— Ali deve morar o coveiro, vou chamá-lo. Talvez nos abra o portão.

Elza bateu na porta. Abriu-a um caboclo seco e rígido, pele curtida do vento e do frio das alturas. O coveiro saudou-a com um riso amável. Tinha um aspecto vivo e malicioso, e esse ar dos adaptados à vida, a cabeça erguida daquele que está onde deseja estar.

— Vamos, moça! Eu aqui não tenho preguiça. O moço veio de fora?

— Veio ver o túmulo de uma irmãzinha.

— Muita gente de fora gosta do meu trabalho. Não tenho medo de serviço. Sou sozinho aqui.

Abriu o portão, que se escancarou rangendo.

O vento correu pelos ciprestes que dançaram, se inclinaram um após outro.

— Número vinte e sete — disse Chicão.

O coveiro fazia de guia.

— Esse túmulo maior é dum aviador... Aqueles são dos japoneses.

No terreno que fugia, toscas, as cruzinhas brancas se alinhavam. Pararam diante de uma, fincada em terra fresca, recentemente revolvida e cheia de pequenas velas. Uma ainda estava acesa, e a chamazinha amarela dançava e lutava, milagre de resistência contra o vento. Em cima da cruz, as letras japonesas caprichosas e ininteligíveis. Embaixo o nome em português. O coveiro endireitou o túmulo vizinho. A cruz pendia. Elza esperou por ele. Seus olhos deram nos caracteres indecifráveis, logo correram abaixo. "Tadao Imaki". Custou uns segundos a identificá-lo. Depois, nítida, fulgurante, a imagem. Mais um vencido que ela conhecera. Do fundo da cama "seu Imaki" sorria escaveirado. "Obrigado, dona Elza, a senhora é doente? Não parece... Obrigado." Nem se lembrava mais dele. E, entretanto, se compadecera do japonês naquele dia, havia tanto tempo! Como teria acabado seu Imaki? Quando morrera? Uma lágrima apontou nos olhos dela, diante dessa morte tão obscura. Perguntou ao coveiro quando fora enterrado. Mas o homem não se lembrava mais.

— São tantos! — disse, coçando a cabeça.

Elza levantou-se. Quis ver o túmulo de Maneco. Achou-o lá no fim da rua, onde o declive era mais pronunciado. Havia junto uma sepultura quase rica, com uma coluna branca cheia de letras douradas.

— Veja o meu trabalho — tornou o coveiro —, repare nos desenhos de pedrinhas. Essas estrelas em preto e branco... Eu que inventei!

Mas Elza rezava diante da cruzinha tosca que lembrava Maneco. Umas flores estranhas, em papel recortado, amontoavam-se, desfaziam-se desbotadas, junto do nome.

— Tenho que tirar isso — disse o homem, cioso da limpeza do terreno.

"Seu Imaki teria morrido bem depois de Maneco. Aquelas flores não seriam obra sua?"

— Estão bonitas ainda. Espere mais.

Elza tirou as pétalas mais estragadas, que se desfizeram ao tocá-las.

— Nessa rua, o vinte e sete é lá no fim.

O voo de um pássaro riscou. Ouviu-se um grito agudo. Andavam os três devagar por entre o caminho de vultos brancos. O coveiro mostrava sempre vaidoso seu trabalho paciente. As cruzes, as estrelas, as flores em preto e branco.

— Vejo que ainda não tinha vindo ao cemitério — disse Chicão, que machucava entre os dedos gordos um ramo de cipreste.

— Não tinha coragem...

— É aqui.

O coveiro mostrou o espaço coberto de pedrinhas brancas, com o nome "Isabel" e a data em preto. Sobre a alvura da cruz, caía uma pequena coroa de louça ainda colorida. Chicão ajoelhou-se com dificuldade, gemendo. Persignou-se. Era ali, naquele cantinho, que ela se escondia. Elza olhou longamente, e visões de Belinha se sucederam. Belinha rindo, Belinha rezando como um anjo... Belinha dançando, luminosa como uma fada... Belinha com Dom José. Belinha morrendo.

O coveiro, atrás, esperava, arrancando umas ervas daninhas que espiavam de dentro de uma sepultura alta. Chicão dizia uma porção de coisas, murmurava febrilmente uma oração. Depois rompeu a soluçar. Tirou o lenço do bolso, enxugou a face congestionada. O coveiro bateu-lhe no ombro.

— Já é tarde... desculpe. Mas ainda não jantei.

Chicão inclinou-se sobre o túmulo, beijou o nome querido.

— Adeus, Belinha! — murmurou, levantando-se com esforço.

— Adeus, Belinha — disse também, num sopro, a voz de Elza, que se punha a caminho.

Anoitecia, e a fila dos túmulos fugia para trás. Vultos alvos, baixos, altos, compridos, cruzes grandes e pequenas. A multidão dos vencidos que ficava. Passaram o portão. O coveiro despediu-se, abriu a porta da casa, e um cheiro de cozinha veio no vento.

Voltaram calados no automóvel. Massas confusas de montanhas, de casas, de pinheiros, eram sombrios monstros que espreitavam a estrada iluminada, varada pelos faróis. Essa vinda para casa, à noite, de volta do cemitério, longe de fatigar Elza, excitava-a estranhamente. Chicão deixou-a à porta de casa. No dia seguinte, viria buscar a mala de Belinha com seus tesouros.

37

Capivari principiava a animar-se. As vilas floridas se abriam. Bandos de rapazes e moças corriam loucamente, a cavalo, pelas estradas. Vinham a Abernéssia para compras e, às vezes, diante de um vulto alto e macilento, levavam o lenço ao nariz, fingindo defender-se da poeira. A passagem daqueles que ali traziam saúde para gastar atraía às janelas semblantes de cera.

Aos poucos, Elza atingira o outro lado, o lado da saúde. Alguém dissera que Flávio já não era "portador de bacilos". O rapaz fazia visitas em Capivari. Houve certa curiosidade em torno dele, das suas telas. Lembraram-lhe vistas que despertariam o interesse lá embaixo... Foi ao clube com o casal amigo, numa recepção a um grupo de turistas.

Há muito que os exames de Elza eram negativos, mas doutor Celso ponderava que ainda não era tempo de descer. Dizia que era preciso esperar um pouco, tentar a prova da atividade. Quando o doente que retoma seus hábitos não emagrece, não sente cansaço, dorme bem e come bem, é provável que esteja curado.

Elza foi com Flávio ao clube e dançou. Flávio não se atrevia. Ficava a olhá-la a dançar, de longe, com certa curiosidade, como se fosse uma nova Elza. Convidaram-na para um passeio a cavalo. Esforçou-se por gostar da nova companhia, esforçou-se por achar graça no "chefe da tribo", como chamavam a um rapaz gordo, de óculos enormes, que contava anedotas, como que por obrigação, a propósito de tudo. Estavam sentados à beira de uma estrada quando uma jovem muito pálida e trêmula passou, andando vagarosamente pelo braço de uma companheira, que a protegia do sol com uma sombrinha. Ao passar pelo grupo, a moça tossiu e levou a mão à boca.

— Cuidado com os "micuins" — disse o "chefe da tribo" a Elza.

As moças da sombrinha se distanciavam, mas Elza seria capaz de jurar que tinham ouvido.

Araci despediu-se e partiu sorridente e gloriosa com seus gêmeos.

Gente curada descia. Doentes subiam todos os dias, e dona Sofia acompanhava a cura de Elza com a possibilidade de mais um quarto para logo. Viriam duas primas de um sanatório de Corrêas logo que houvesse vaga.

Lucília juntou o penhoar de cetim e rendas, o vestido de veludo preto, as sandálias douradas, a camisola de gaze azul e entregou tudo a Elza. Diante do espanto da amiga, abanou tristemente a cabeça.

— Para que eu quero isso? Se não quiser, ponha fora.

Turquinha vivia num outro plano. Moacir revelava-lhe coisas misteriosas do além, e o espírito do noivo aperfeiçoava-se e cada vez se manifestava de maneira mais lúcida.

Um dia, Elza aprontava-se para sair quando Lucília entrou no quarto. Era cedo. Pela janela aberta vinha um ar vivo e cortante, e a terra luzia, toda prateada de geada. Lucília sentou-se devagar e ficou observando Elza, que se movia de um lado para outro, completando a toalete. Ficou a acompanhá-la, dançando com os olhos, mas hirta, rígida na poltrona, habituada ao esforço de retesar o corpo.

— Vim trazer os meus parabéns — disse com voz fria. Elza voltou-se admirada. — Olhe a folhinha, cabeça de vento. Que dia é hoje?

— Primeiro de julho... Meu Deus! Hoje faz um ano que estou aqui! Lembro-me tão bem quando lhe pedi que tirasse a folhinha... — Elza sentou-se em frente à amiga. — Naquele dia eu estava tão desesperada! Mal podia ouvi-la, de tão abatida! E hoje... — Correu para a janela, banhou-se na luz da manhã. — E hoje estou curada! — Beijou Lucília nos cabelos. — Mal podia suportar a ideia de ficar longe de mamãe. — Ficou pensativa. — Até pedi a Firmiana que não me deixasse. Coitada! Nunca mais soubemos dela.

— Nunca mais "soubemos", não. Eu estive de cama o tempo todo, e você peregrinando por aí.

Flávio chegara ao portão, embuçado e corado de frio, quando Turquinha e Elza desceram ao terraço.

— Hoje não vou passear, Flávio. Vou fazer uma visita.

As palavras de Elza saíram com um bafo branco.

— E você não me quer?

Outra fumaçazinha se desfez. Turquinha esfregava as mãos, agitava as pernas.

— Que frio!

— Se você quiser, vamos. Vou à casa de Firmiana.

— Não há mal nenhum que eu a acompanhe. Ou quem sabe? Você anda tão diferente...

— Por quê? Em que terei mudado?

Elza andava com passos largos. Usava uns calções azuis de lã grossa e um pequeno lenço amarelo amarrado sob o queixo. Turquinha mal podia segui-la e multiplicava os passinhos miúdos e desiguais.

— Mudou, sim. Os que saram mudam!

Falava arquejante.

— Lá está a casa. Acho que é aquela. Aquela escorada para não cair... Faz tanto tempo que vim aqui.

Crianças corriam, atravessavam a estrada levantando nuvens de poeira. Saía gente das casas miseráveis. Uma negra de cabeleira enorme veio à janela e riu, mostrando as gengivas roxas. Na casa ao lado, dois japoneses de pijama, estendidos numa esteira, tomavam o sol que abrira radioso e levantavam para os passantes o rosto quase sem olhos, encolhidos por causa da luz. Diante da casa de Firmiana, sentada num pequeno tamborete, estava a pensionista que substituíra seu Imaki. Era uma mulher muito alta e branca, com as faces dum roxo pisado. Passava um pente fino pela cabeleira abundante, aberta ao sol. Deitado nas pedras da entrada, o cachorro amarelo rosnou preguiçosamente. Um vulto de criança gritou lá de dentro:

— Tem gente aí, mãe!

A mãe de Firmiana surgiu na porta com a mão em concha sobre os olhos.

— Ah, é dona Elza com outra moça lá da pensão. Entre também o senhor, não repare, casa de pobre...

Puxou um banco para Elza e Turquinha. Foi ao quarto, trouxe uma cadeira, fez Flávio sentar-se. Esfregou o avental no rosto e passou a mão pelo cabelo, alisou-o.

— Ah, dona Elza, pensei que a senhora nem se lembrasse mais de nós... Firmiana saiu de lá, coitada de minha filha! E eu deixei de lavar a roupa de dona Sofia.

Turquinha tinha um embrulho no colo.

— E a Firmiana? — perguntou Elza, olhando para dentro do quarto onde, da penumbra, espiavam Rosa e Ditinho.

— Firmiana...

Hesitou uns instantes, olhou para Flávio, que desviou o olhar correndo-o pelas paredes, cheias de reclames e retratos de artistas de cinema.

— Já sabem de tudo... Não tenho nada que esconder, mas fico toda tremendo, nem posso falar nisso. Firmiana veio para casa, mas não podia morar mais com o pai... Ele, que fez promessa de não a maltratar, era toda hora brigando. Ele também não tinha a culpa... Eu dizia: "Pra que é que você faz assim com a sua filha? Se você tratar bem ela, os outros ainda respeitam...". Ah, qual nada... ele parece que ficava louco na hora da briga. Firmiana tinha uma paciência que não era de gente viva, lavando e engomando o dia inteiro. Mas uma vez.... tudo tem um fim, não é? Saiu de casa chorando. "Deixa ir embora, mulher; melhor que essa desgraçada vá mesmo por aí..." Um dia soube que Firmiana estava de resguardo na casa de uma comadre em Vila Jaguaribe... Coitada, nem parecia aquela bonitona... Magra, sumida, que dava pena... Por graça de Deus, a dona Lucília tinha mandado a criada de lá na véspera, com um dinheiro que escondi no colchão. Dei pra minha filha: "Fique boa, suma daqui e se empregue".

De dentro do quarto, veio um choro de criança. Elza entrou, viu a cesta oscilando.

— Amelica?

— Não, é a minha... netinha.

Turquinha entrou com Flávio.

— Veja que linda! Não parece uma foquinha? Esses olhos tão pretinhos e úmidos, a pele tão lisa e brilhante... Que linda!

— Pois é — tornou a mãe de Firmiana. — Quem é que pode se fiar no juízo de um homem? Quando trouxe a criança pra cá, tive tanto medo... E ele é melhor para a neta que para os filhos...

Elza pegou a criança. "Que bom, que bom esta coisinha viva nos braços." Turquinha abriu o embrulho e desdobrou uma manta de lã. De dentro, do outro quarto, saíram Rosa, Ditinho e Amelica, que, andando com passo cômico, bamboleando-se como um embriagado, agarrou-se à saia da mãe.

— Que riqueza de manta! A gente tem até pena de usar uma coisa tão bonita! Ah, se a Firmiana visse... A pobre... foi embora com uma família de São Paulo, e nunca mais soube da vida dela!

38

Lucília atravessava a linha do trem quando Elza a alcançou.

— Dê-me o braço. Há tanto tempo que anda passeando e não quer sair comigo. Ainda bem que a apanhei... Vamos tomar um automóvel? Quero ir à cascata.

— Vamos andando devagarinho.

Lucília melhorara muito com a operação. Não tossia mais nem tinha febre. Engordara e parecia mais velha, com os gestos mais lentos, mais pausados, e aquela preocupação de levantar o busto, de andar aprumada. Já iam quase chegando ao grupo de árvores que escondiam a cascata quando Lucília reparou:

— Que é isso? Que é que está sobrando aí pelo mantô? Uma toalha? Você enrolou uma toalha por baixo da gola?

— Você acha aqui muito frio para esperar?

A folhagem cinzenta estremecia, e, por vezes, gotas de orvalho, geladas, caíam. As figueiras, os pinheiros bravos pareciam esmaltados, assim brilhantes, cobertos de umidade.

— Aonde é que você vai?

— Vou tomar um banho na cascata.

— Boba. Depois que sarou ficou boba. Que ideia é essa?

— É um desejo antigo... Vou ver se estou boa.

— E se não estiver?

— Por favor... Quero tomar já, antes que comece o movimento na estrada. Fique aí. Grite, avise se aparecer alguém!

Elza afundou no meio da folhagem. Junto da carobeira florida tirou nervosamente a roupa. Vinha um cheiro de terra úmida, e uma poeira fria caía sobre a carne aos poucos desnudada. Batia-lhe o coração numa expectativa de deleite. Era uma loucura, um arrojo incrível o seu. Que frio... A última peça de roupa caíra ao pé da árvore. Cruzou involuntariamente os braços sobre o corpo e pisou, cautelosa, as pedras negras cheias de limo. Borrifos salpicaram-lhe o ventre, as coxas. Estremeceu, recuou um instante. O volume d'água aumentara nos últimos meses. Teria coragem? Avançou mais um pouco. Mergulhou os pés na pequena bacia. Arrepiou-se toda e avançou resoluta para a cascata. Sentiu-se violentamente fustigada. Respirou fora, alguns instantes, arquejando. Tremia, mas sentia um prazer intenso. Olhou-se longamente. "Adeus, fantasma de Olivinha..." Mergulhou de novo na massa viva e líquida que a apanhou de lado, castigando-a com delícia. Alguns segundos. Precisava respirar. Subiu à pedra, sentindo uma pronta reação, o corpo que ardia, o ombro principalmente, todo avermelhado. Correu a mão por ele, numa rápida massagem. Passos estalaram e arbustos mexeram. O sangue afluiu-lhe ao rosto com violência. Diante dela, apoiando-se a uma árvore, estava Lucília subitamente, estranhamente pálida. Havia qualquer coisa como um ódio, fulgurante, instantâneo, no olhar com que a envolveu toda e na maneira como disse, cerrando os dentes:

— Louca! Olhe a sua roupa! Vamos embora!

O tempo, como corria agora! Elza lembrava-se das suas últimas inquietações com a saúde. Justamente nos dias imediatos ao banho na cascata. Como interrogou o termômetro! Doutor Celso mal podia crer naquela aventura.

— Que mudança! Quem poderia esperar isso daquela doente cheia de terrores e tão tímida?

Abanou a cabeça, entre satisfeito pela cura e temeroso de possíveis novas inconsequências de Elza. Mas não havia nada a temer, garantia-lhe a moça. Imprudências como aquela não seriam repetidas.

Dona Matilde escrevia pequenas cartas cheias de exclamações. "Que bonita está a minha filha! Como está engordando! Mal posso crer que em breve a terei nos braços!"

Já era hora de pensar em casa. De imaginar o cantinho envidraçado, gostoso, da sala de jantar; o sofá quadrado, imenso, estampado de florezinhas, onde a família se reúne à noite. De imaginar-se escorregando da almofada, deslizando até o chão e pousando a cabeça no colo da mãe, ouvir Paulinho, excitado, contar coisas dos companheiros. E ver o pai, tão cansado do trabalho, marcado de rugas e envelhecido, olhá-la por cima dos óculos. "Anda cá, menina, vamos conversar... Ah, é um segredo, não é para vocês dois..." Sentir-se uma meninazinha protegida e confiante nos mais velhos... Sentir o cheiro do papai, aquele perfume discreto que usa, sempre o mesmo, a sua vaidade de homem de trabalho...

Saía agora menos com Flávio. Achava nele, como em Lucília, qualquer coisa de incompreensível. Qualquer coisa que vinha desde o dia em que doutor Celso falou em cura. Não era sua culpa. Às vezes, perguntava: "Por que não me vem buscar, Flávio?".

"Porque agora só quer os grã-finos de Capivari." E a olhava com desconfiança, com prevenção... E triste, triste, como se não fosse justo que passeasse, dançasse, tentando "a prova de atividade" antes de descer.

Foi em Capivari que Elza soube do rompimento do noivado de Olivinha. Cansada de esperar pelo noivo, decidira-se a partir. Alguém a vira debulhada em pranto, consolada e mimada pelo pai, queixando-se do noivo. "A princípio não acreditava, achava que era intriga quando me falavam que andava de namoro com as doentes. Mas agora... só posso crer... Por que não quer ir embora, então?" Diziam que o pai tinha tido com o médico uma explicação um tanto viva. E que doutor Celso lhe teria dito que desistisse da tutela, porque não se prestaria mais a isso. Depois, procurou convencer a noiva, querendo criar nela uma simpatia por sua missão. Olivinha resistiu de maneira definitiva. Ou ele descia já, ou o noivado estava acabado. Um ano de espera era demais! O médico não se decidiu a partir. "Tinha doentes em estado grave... já, não seria possível..." Olivinha partiu lacrimosa, em sua barata amarela, por uma fria manhã. Doutor Celso afundou-se nos estudos. De casa para o hospital. Dos doentes para casa.

39

Cobria-se a Serra de flores. Correu primeiro um balbucio de primavera. Seria já a florada? Botões, aqueles pequeninos sinais? No meio dos bosques escondidos entre os montes, o amarelo e o vermelho salpicavam, abriam no verde sorridente espanto. Em lugares mais resguardados, mais favorecidos, em breve surgia a neve florida cobrindo as pereiras e transformando, enriquecendo a paisagem. E logo também floriram os pessegueiros. Junto das favelas, nos parques dos sanatórios, rodeando os bangalôs, à beira das águas mansas, a florada em rosa e branco apontou finalmente, luminosa, irreal.

Perto do pequeno lago em que se debruçavam as pereiras alvas, encantadas, o pintor armou o cavalete. Tocados de primavera, os galhos roçavam a água que reproduzia a fila das árvores. Amarrada à margem, a pequena canoa envernizada, vazia, estava juncada de flores que o vento carregara.

Elza surpreendeu Flávio pintando com aquele entusiasmo e fervor. Tocou-lhe no ombro.

— Espere um pouco.

— Você pediu licença para pintar aqui?

— Claro — disse Flávio sem olhá-la. — Deixe-me acabar uma coisa.

Elza passeou uns momentos pelas alamedas, depois voltou, esteve a contemplar Flávio de costas. Vestia malha acinzentada descobrindo a nuca vermelha. As mangas arregaçadas deixavam ver o braço queimado de sol, com veias salientes. Elza aproximou-se, olhou-o de perfil. Sempre aquela maneira nervosa de morder o lábio! Antes lhe dava tanta impressão de força, de saúde. Mas agora apreendera o desmentido daquele empastamento, daquelas rugazinhas quase invisíveis junto dos olhos, daquela curva dos ombros cansados precocemente.

— Que é que você está olhando?

— Você.

Levantou-se, desarmou a tela, guardou a tinta e os pincéis vagarosamente, limpou os dedos. Enxugou o rosto suado.

— É mesmo maravilhosa a florada aqui. Você tinha razão.

Elza apanhou um pequeno galho, fez uma coroa, colocou-a em cima da cabeça.

— Você já viu grinalda mais linda?

— Linda — disse ele, olhando-a muito sério. — Tão linda que receio que desapareça. Parece que a estou vendo, coroada de flores, subindo um altar...

Apanhou um galho, outro, outro mais, fez um imenso ramo, encheu-lhe os braços de flores.

— Não se mova. Assim.

Esteve a contemplá-la. Depois, subitamente, mudou de humor, encostou-se a um pinheiro com um repentino enervamento.

— Que é que você tem, Flávio?

Atirou as flores ao chão. Chegou-se a ele, muito perto. O rapaz desviou os olhos.

— Nada — disse por entre dentes. — Nada a não ser um cansaço... Cansaço de mim mesmo, que de vez em quando me vem. É preciso muito esforço para construir uma lenda e viver dentro dela... Já estou cansado.

— Lenda por quê, Flávio? Se a doença o impediu de seguir a carreira escolhida, também não criou em você um artista, que com certeza não teria existido se não tivesse esta vida isolada?

— Artista... — A sua voz soou amarga. — Artista... Viver aqui sonhando que faço obras-primas. Prodígio de autossugestão! E ainda mais... — Riu um pouco fino. — Construir em você outra criatura, afeiçoar-me a ela sem querer olhar, ver afinal a verdadeira...

Os lábios de Elza tremeram. Esperara sempre por aquilo, mas, apesar disso, fugiu-lhe a calma.

— Por que não quer a verdadeira? Será assim tão cheia de defeitos, tão incompleta para ser querida? — Sentiu-se atingida dolorosamente no íntimo. Com voz aguda prosseguiu: — Tudo porque sarei. Desde que o doutor Celso apregoou minha cura, vocês me detestam. Sim, não negue. Para quê? — Lágrimas queimaram-lhe as faces. — Você e Lucília... Com toda a certeza julgam que estou cometendo uma traição. Quando falo em minha casa, no prazer de rever as minhas criaturas queridas, ofendo a vocês...

Com a ponta do sapato, Flávio esmagava pequeninas plantas, num movimento obstinado.

— Elza... — Pegou-lhe o braço. — Quer que me alegre, me envaideça... — Riu excitado, nervoso. — Por mandá-la de volta para o seu noivo?

— Você nunca falou nele.

— Ah... era um perigo longínquo.

— Ainda é — disse Elza, penetrando os olhos de Flávio.

— Está longe. Está na Inglaterra.

— Mas volta, volta breve para você. Como a imaginei há pouco... Numa igreja toda iluminada, linda como uma imagem e pelo braço dele... — Olhou-a de perto com os olhos apertados, maldosos. — Beijos não deixam marca, felizmente para você.

— Flávio! — Elza empalideceu. — Por que mudou assim? Por que esse ódio?

Teve uma imensa vontade de fugir. Sentiu a vista turva. Voltou-lhe as costas. Encaminhou-se para o portão. Pisava um mundo fantástico e desconhecido com uma angústia de fugitiva. Quando atingiu a saída, Flávio puxou-a pela mão. Elza resistiu. Ouvira demais, não havia dúvida, dizia com uma voz fria que a si mesma assombrava.

— Escute... Você há de se arrepender a vida toda se não me ouvir.

Ela resistia, procurava retirar a mão, vibrante, nervosa, toda rosada. Ele largou-lhe a mão. Elza abriu resolutamente o portão, mas, antes que passasse à estrada, sentiu-se presa pela cintura.

— Não adianta teimar — disse Flávio. — Você tem que me ouvir. — Guiou-a até junto a uma pereira florida. Encostou-a nela. Com as mãos coladas ao tronco da árvore, junto dos seus braços, prendeu-a: — Sei a ideia que fazia de mim... Um fraco. Um fraco de corpo e de espírito. E está muito admirada com a minha atitude. Então você não compreende como essa separação é cruel, é desumana? Crê que eu não tenho nervos? Vê-la de volta para retomar a mesma vida de um ano atrás...

— Deixe-me. — Os braços de Flávio caíram. — Você não sabe lutar pelo que quer? Você me quer realmente? — questionou Elza com profunda emoção.

— Quero-lhe, como nunca foi nem será querida por outra pessoa. — A sua voz se tornava mais lenta, bizarramente pausada, e como que envelhecida. — Toda a minha vida, toda a minha esperança eu ponho em você. Não tenho ninguém que me queira, e ao cabo de tanto tempo minha família já se distanciou de mim. Tenho amizades que duram pouco. Iludi-me criando em você uma companheira de solidão. Nada lhe podia oferecer senão esse mundo de amor e de ternura disperso nos outros homens, mas que conservo intacto para você. Afundei-me tanto na nossa felicidade futura que a vivi quase. Agora... vejo as coisas friamente. Você curada, pronta a retomar o fio interrompido das suas relações, das suas amizades, e eu aqui... preso para sempre.

Contraiu a fisionomia, cerrou os punhos, sacudiu os ombros, encostou-se ao lado oposto da árvore, com a cabeça repousando nos braços cruzados.

Elza tocou-lhe no ombro.

— Você há de ficar bom. Há de descer um dia curado. Seremos felizes como toda gente.

— Não sente o que diz... Não sente...

Olhou-a com os olhos vermelhos.

— Deixe-me descer com a lembrança do seu carinho, da sua companhia. Espere um tempo... Talvez possa descer, esteja curado. Talvez eu tenha que subir, adoeça de novo.

Um pequeno galho em que o vento bulira prendeu o cabelo de Elza. Ela puxou a cabeça, desprendeu-se. Uma chuva de flores caiu sobre eles. Flávio esteve a vê-la agitando os cabelos, sacudindo o vestido, atirando as flores ao chão. Tomou-a bruscamente nos braços. Inclinou a cabeça, olhou de perto, cada vez mais perto, aqueles lábios úmidos que se descerravam. Esteve assim, sentindo-lhe a respiração e contemplando o rosto adorado. Uma abelha zumbiu pertinho. Ele inclinou-se ainda mais, ia tocar naqueles lábios que esperavam o beijo, mas largou Elza subitamente.

— Não devo beijá-la. Vamos embora.

40

Turquinha entrou gritando:

— Carta para você, Lucília! E uma de Letícia para mim!

Lucília nem buliu na poltrona.

— É a mesada do banco.

Elza acercou-se de Turquinha, examinando o envelope.

— Não é... — disse ofegante. — Não é do banco. É dele, sou capaz de jurar...

Lucília cravou as mãos nos braços da poltrona, fez um esforço terrível para levantar-se, mas continuou sentada como estava.

Dona Sofia tricotava perto e levantou os olhos.

— Carta "dele"? Que é que você disse, Elza?

— Brincadeira — respondeu quase em falsete. — Só brincadeira.

— Deve ser... Que me conste, a Lucília nunca teve namorado. Ela até é bonitinha... — deu-lhe um olhar enviesado, desconfiado —, mas deve assustar os rapazes com o gênio! Quem anda esquisita é você, depois que marcou a viagem para a semana que vem. Que gracinha é essa de repente com a Lucília?

— Dê-me a carta. Não, não, Turquinha, leia a de Letícia primeiro — disse Lucília, desfiando, com as unhas, nervosamente, a fazenda da poltrona.

Turquinha colocou-se de costas para a janela.

— *"Aqui estou eu tentando acostumar-me a essa vida insípida..."*

— Hum... — disse dona Sofia. — Quem morou em minha casa não tem do que se queixar.

— "*Madrinha pintou de novo meu quarto, que é azul como o que ocupei aí... Às vezes, acordo pensando estar em Abernéssia e, ao descobrir o engano, choro escondida de madrinha.*" — Turquinha fez uma pausa. — Coitada — disse com emoção.

Elza tomou-lhe a outra carta e acenou para Lucília, que continuava sentada, com a boca entreaberta como se lhe fugisse o ar. Turquinha prosseguia:

— "*Lembro-me muito do doutor Celso...*" — Turquinha silenciou uns momentos. É que Letícia continuava: — "*Ainda não consegui esquecer a vergonha do meu impulso no momento da partida. Mas ele deve compreender e perdoar.*"

— Vamos! — Dona Sofia colocou o pincenê lentamente. — Por que parou?

— É que aqui está... a letra está muito ruim...

— Deixe ver.

— Ah... já li. "*Ainda não consegui esquecer dona Sofia, que tão boa foi no momento da partida...*"

— Ela é um anjo, coitadinha. Mas o que foi que lhe fiz no momento da partida? Ah, sim. A cestinha com o lanche. Nem me lembrava. Continue, continue.

— "*Imagine que eu conheci um dia desses uma senhora que tem grande influência no Sanatório São José. Às vezes tenho vontade de ver se arranjo um lugar qualquer na secretaria. Se madrinha soubesse! Então é verdade que Elza vai descer? Beijos...*"

Turquinha terminava a leitura. Elza deslizou pela sala, abriu furtivamente a porta do seu quarto. Lucília seguiu-a.

— Espere, dona Sofia, ouça isto — disse Turquinha —, olhe o que Letícia escreveu depois: "*Não resisti, fui ontem à tal senhora e arranjei o emprego... Se a minha madrinha deixar, volto logo para aí*".

Lucília trancou a porta.

Elza entregou-lhe a carta.

— Não tenho coragem — disse, pálida. — Meu Deus... Levou as mãos ao rosto.

— Nem acredito...

— Espere... vou sentar-me. Agora pode ler... leia depressa.

— Não sei se devo...

— Quer me exasperar ainda mais? Não vê como estou? Não tenho coragem para ler.

Elza rasgou o envelope. Lucília, sentada na cama, tinha uma expressão de grande angústia.

— *"Muito admirada ficará você com esta carta..."*

Confundiram-se lágrimas e sorrisos em Lucília.

— *"pois nunca lhe escrevi. Mas acontece que depois do que me informou a senhorita Letícia..."*

— Esquisito! — As sobrancelhas de Lucília aproximaram-se, a testa vincou-se.

— *"... que disse ter você que enfrentar em breve uma operação bastante séria, muito preocupado fiquei com o que lhe possa acontecer e peço que esqueça o que se passou..."* — O papel dançou nas mãos de Elza. — *"... e me creia seu amigo empenhado em servi-la..."*

Lucília levou as mãos à garganta.

— *"... Qualquer coisa que precisar, mande dizer com franqueza. Esperemos que o resultado dessa operação seja tão bom que esteja em breve curada e logo possa vir para São Paulo, onde eu..."* — Elza gaguejou — *"e sua irmã a esperamos. Judith não escreve porque..."*.

— Pare!...

Lucília caiu de bruços na cama.

— Sinto muito. Tinha tanta certeza que era de Bruno... Sinto tanto que você nem pode calcular.

— Eu bem devia ver — dizia a voz entrecortada, dolorosa — que Bruno não me escreveria... Nunca mais... nunca mais hei de saber dele.

— Não fique desesperada. Recebeu hoje uma carta de quem você não cuidava receber. Um dia aparece uma de Bruno... Não fique assim, por favor. Não vê que a sua irmã se lembra de você? Pode voltar para a sua família. Não ficará por aqui a vida toda. Bastante tempo já passou...

— Hipócrita! — gritou Lucília. — Hipócrita! Judas! E com ares paternais... Ah, como o detesto, como o odeio! —

Levantou-se numa agitação febril, andou pelo quarto com grandes passadas, os cabelos caindo sobre a testa, os olhos vermelhos, chispantes. Esquecia-se de manter a posição que lhe permitia um aprumo relativo, e o ombro pendia, imprimindo-lhe aos movimentos algo de ridículo e comovente ao mesmo tempo. — Hipócrita — tornou. — Com essa capa de amizade e proteção. Sabe por que se atreveu a escrever-me? Sabe? Porque não me teme mais. Julga-me deformada bastante e inofensiva por esse motivo... Ah... e era ele quem me olhava como um cão esfomeado... E agora... — Atirou-se de novo na cama, soluçando baixinho. — E Judith, que nunca me veio ver nem me quis ver... Deseja por certo que eu volte para gozar o triunfo! Prefiro morrer. Ouça, Elza: prefiro mil vezes morrer a voltar para aquela casa e ler todos os dias no olhar de minha irmã: "Agora posso estar tranquila, a pequena não interessaria ao menos exigente dos homens...".

Elza sentou-se junto.

— De longe tudo parece diferente. Sua irmã deve ter, apesar do que houve, saudades suas. As únicas irmãs... Pense em voltar, Lucília. Pense sem ódio.

Um riso soou, quebrado de soluços.

— Ah, você é bem a "menina-família", comodista como sempre julguei! Incapaz de suportar sozinha o peso da vida, acostumada a descansar nos outros. Por uma questão de facilidade... Ouça o que eu digo, cheia de raiva, porque só com raiva é que se podem dizer as verdades... O seu conselho é de uma egoísta.

— Egoísta? Não lhe tenho provado a minha amizade todo esse tempo? Lucília, você se excede. Não vê que faz uma injustiça?

— Egoísta... Prefere iludir Osvaldo, iludir Flávio e manter o equilíbrio da sua vida... Olhe-me bem nos olhos. Tem coragem de dizer que não ama Flávio?

— Não entendo essa inquisição... Quero Flávio, quero-o muito até. Mas preciso de tempo para uma solução definitiva. Saber o seu valor real na ausência...

— Seja franca. Olhe-se por dentro. Conheça-se. O que você quer afinal é deixar Flávio aqui à sua disposição... Muitos descem curados e ficam pouco tempo por lá, adoecem de novo. Mas, se não adoecer, terá o Osvaldo e todo o círculo da família.

— Não seja cruel. Não quero zangar-me nas vésperas de minha partida.

Lucília enfiou os dedos pela cabeleira, alisou-a, respirou como se procurasse cobrar ânimo, dominar o enervamento. Elza, de costas, olhava através das lágrimas contidas nas bordas dos olhos, a paisagem trêmula, os quatro pinheiros que ondulavam e dançavam bizarramente.

— Quando disse a Flávio que você e ele agora me odeiam, tinha razão.

— Você quer dizer... que a invejo. Desce curada, mais bonita... Engana-se, porém. — A voz de Lucília era sibilante. — Não sou nada hoje. Aleijada... oh, não proteste, deixemos de fingimentos inúteis. Desprezada por Bruno... Engana-se, Elza, juro que se engana. Não me trocaria por você. A minha vida, feliz ou desgraçada, é minha... Vivo cem vezes mais que você. Que sabe dos seus próprios sentimentos? Acomodada maciamente por sua mãe aqui, alimentando as esperanças de Osvaldo e tendo em Flávio uma escora sentimental, apoiou-se nele, como em mim, para suportar essa vida e agora vai, volta para os cuidados da família, tranquilamente. E um dia há de casar... E terá gente, sempre muita gente, à sua volta. Mas nunca há de provar...

Elza olhava-a cheia de espanto, com uns olhos molhados.

— Tanto tempo para nos desconhecermos... — falou debilmente.

Lucília ia dizer qualquer coisa mais. Esteve uns momentos hesitando, depois resolutamente lhe deu as costas. Elza, com o coração apertado, viu-a, pensa como Turquinha, encaminhar-se para a porta, abri-la e sair do quarto.

41

Dois dias, dois dias inteiros faltavam ainda para a partida de Elza. O tempo parecia arrastar-se e curiosamente volver àquela morosidade dos primeiros dias após a chegada. A mesma sensação angustiosa de exílio, a mesma saudade pungente da família, da casa. Uma súbita desambiência como que caíra sobre ela. Lucília e Flávio pareciam-lhe inacessíveis. Um desânimo lhe vinha, tão profundo que nem sequer se empenhava em lutar pelas amizades que julgava perdidas. Era melhor descer... E agora, arrumando as malas, vinha-lhe um medo, um pressentimento de que alguma coisa viria impedir a viagem. Dona Matilde escrevera. Seria melhor que ela esperasse uns dias... viria buscá-la. Elza respondeu, com certo orgulho, que se sentia bem forte para descer sozinha.

Nessa manhã, a penúltima que passaria em Campos do Jordão, foi despertada intempestivamente por dona Sofia. Uma senhora queria ver o quarto. Vestiu o roupão às pressas e ali ficou, sentindo uma dolorida e insuportável revolta, vendo a estranha examinar tudo e olhá-la em certo momento, procurando encostar-se e respirar à janela.

"Sabe-se lá se está mesmo curada", devia pensar.

— Bonita vista! E, curioso, como são tão iguais aqueles pinheiros!

— Os meus pinheiros — disse Elza, pensando alto.

Dona Sofia, agitada, esfregava as mãos.

— Pois é... como prometi. Muito bem alojadinhas. Uma aqui e a outra no quarto vizinho.

Quando saíram, Elza começou vagarosamente a vestir--se. Saiu, já o sol alto, sem saber o que fizesse. Passando pelo terraço, viu Turquinha fazendo crochê, o rosto na sombra e as mãos que se moviam, iluminadas, batidas por aquele sol vivíssimo. As mãos se imobilizaram.

— Vai sair, Elza? Sozinha? Iria com você se não fosse esse calorzinho tão gostoso... O trabalho rende.

— Quantos paletozinhos você já fez?

— Catorze com este... Ah, mas não é nada. A gente procura distração ajudando os outros. Se não fosse isso...

— Bem, vou andando.

Turquinha elevou de novo as mãos iluminadas sobre a lã alva e, misteriosa, o rosto na sombra, continuou o trabalho.

Elza andava pela vila, curiosa, como nos primeiros tempos. "É para que eu me lembre... Se Deus quiser não hei de voltar..."

As casas se abriam, ávidas de sol. Nas janelas escancaradas, roupas de cama estendidas. Nos terraços, aqui e ali, um vulto estirado numa espreguiçadeira com aquele olhar sempre igual, o mesmo movimento curioso e cansado de examinar os passantes. Cruzando com ela, pelas ruas da vila, o eterno doente, com o eterno guarda-sol branco, andando vagarosamente, poupando forças.

— Bom dia — dizia Elza bem alto.

— Bom dia!

Zizi passou crespa como um carneirinho, e logo depois Marcos apontou na rua. Parou, estiveram conversando. Marcos prometeu, combinou visitá-la quando descesse. Examinava-a dos pés à cabeça sem nenhuma reserva.

— A vila vai se acabar... — disse, jovialmente, já quando se afastava.

Elza continuou o passeio. Esteve junto da igrejinha e subiu, andou mais, parou maravilhada diante de algumas dezenas de pessegueiros floridos. Tinham uma beleza radiante e chamejavam num incêndio rosado. Apanhou um ramo. Levá-lo-ia ao túmulo de Belinha. Tanto se parecia com ela aquele ramo. Um clarão iluminou-a intimamente.

Ao chegar perto da casa, sentiu-se muito cansada. Andara às tontas, andara demais. Nas vésperas da viagem, era uma imprudência! Seriam onze horas pela altura do sol. Lucília vinha abrindo o portão, quando chegou. Vestia as calças cinzentas e trazia os sapatões pesados. Uma echarpe cruzada caía-lhe pelo ombro. Os cabelos, livres de chapéu, dançavam ao sol.

— Se não estivesse tão cansada, iria com você. Mas já andei muito...

Lucília franziu o rosto por causa da luz.

— Vou bater pernas por aí. Estou ficando gorda demais. Adeus!

Afastou-se com certa preocupação de elegância no andar. O vento levantou-lhe o cabelo, bizarramente.

Dentro, a mesa já estava posta. Dona Sofia ralhava com Maria do Carmo.

— Que lerdeza!

— Mas ainda não é meio-dia; Dona Elza está chegando, e a dona Lucília saiu agorinha...

— Pois não se espera por ela. Faz-se o prato. Ela sabe muito bem a hora do almoço!

Uma hora... uma e meia. Quase duas horas, e Lucília não aparecia.

"Quis sair para evitar a minha companhia... Ou talvez tenha acontecido qualquer coisa. Uma aventura, uma casa misteriosa, um ambiente que Lucília descobriu..."

— Dona Sofia, a senhora não acha que pode ter acontecido qualquer coisa?

— Parece que chegou ontem e nem conhece Lucília! Você já viu aquela criatura saber o que é horário? Anda por aí, comendo alguma fruta do mato em qualquer sombra...

Elza chegava à janela, e por vezes, lá no alto da estrada, Lucília parecia apontar. "Não, ainda não é ela..." E o tempo passava tão lento...

Elza andava nervosamente pela sala. Turquinha devia fazer repouso, e dona Sofia também estava invisível. Elza chegou mais uma vez à janela. Lá longe, no cimo da estrada,

190 | DINAH SILVEIRA DE QUEIROZ

uma nuvem de poeira... um automóvel vinha vindo lentamente. O coração de Elza começou a bater forte. "Vai parar aqui", segredou-lhe um estranho pressentimento. O automóvel parou. Um homem saltou. Ela correu, atravessou o terraço, o jardim... O homem passara o portão, estava diante dela.

— Que foi que aconteceu? — perguntou Elza com voz sumida.

— Não se assuste, não é grave...

Elza chegou ao automóvel. Ah, o instinto não a iludira. "Meu Deus, Lucília no colo daquela mulher..."

— Ajude-me! — gritou para o homem.

Lucília estava desfalecida, como morta. Retiraram-na com cuidado. O homem devia estar contando qualquer coisa, como a encontrara... Elza nada entendia. Deitaram-na no sofá da sala.

— Lucília! — chamou com desespero. Lucília continuava de olhos fechados, os cabelos e a roupa sujos de terra. — Dona Sofia! Turquinha! Um desastre, meu Deus! Turquinha, avise ao doutor Celso!

A mulher perguntou se não havia arnica em casa.

— Uma colherinha de arnica para beber e um banho com arnica... Com isso voltará logo.

Elza deu-lhe o remédio com dificuldade. Lucília tinha a boca cerrada e agora gemia debilmente.

Dona Sofia e a desconhecida, que era gorda, burguesa e maternal, foram dar o banho de arnica em Lucília.

— Estava pressentindo essa desgraça — murmurou Elza para o homem.

Só agora ela o via. Era baixo, largo de ombros, com um rosto comprido e uma expressão assustada e piedosa.

— Foi Deus que me avisou. Parei no lugar para ver a vista. Estava cansado de guiar. E de repente vi aquilo. Deve ter rolado uns quatro metros só. Ficou presa a uma pedra. Havia ali algumas plantas que amorteceram o choque. A felicidade foi ter passado na estrada um caboclo, que me ajudou até o automóvel e soube dizer onde ela morava. Parece que é muito conhecida aqui.

No banho, Lucília abriu os olhos. Agora já estava no leito gemendo alto, volvendo a cabeça de um lado para outro. Doutor Celso chegou.

— Tem apenas algumas manchas pelo corpo. Podia ter sido uma desgraça. Mas graças a Deus... — ia dizendo dona Sofia.

42

Elza abriu a porta. Uma calma obscuridade. Doutor Celso ao lado do leito levou o dedo aos lábios.

— Ela está melhor?

O médico levou-a para fora.

— Não fale no quarto. É preciso um silêncio bem grande para que repouse.

— Mas está fora de perigo?

— No momento, está.

Dona Sofia acercou-se.

— É melhor levá-la para um sanatório...

— Não é possível. Não se deve bulir com ela.

— É uma atrapalhação. Justamente agora, quando espero duas pensionistas novas; vão ficar mal impressionadas.

Dona Sofia, agitada e vermelha, saiu. Elza e o doutor Celso ficaram conversando baixo no corredor.

— Acha que ela fica boa?

— Não sei. Com Lucília nada é impossível. A queda não foi grande, ou, por outra, não causou nenhuma fratura. Por uma felicidade extraordinária, o choque foi do lado bom. Assim mesmo, pode surgir complicação. Três meses de operada... Sabe-se lá? Localização de novos focos...

Falava distraído, como se estivesse sozinho.

— Doutor Celso, isso tudo é tão penoso para mim. Vou-me embora amanhã, isto é, ia embora...

— Talvez reaja bem. Suportou a operação galhardamente.

— Doutor Celso, tenho uma dúvida... Fico com um aperto no coração...

— Baixinho... Fale baixinho... Ela está chamando... Eu já volto.

Doutor Celso só saiu à noitinha. Lucília não corria perigo. Dona Sofia deitou-se no mesmo quarto da doente, que passou a noite em calma relativa. Elza não conseguiu dormir. Teria coragem, iria embora deixando Lucília assim? Dentro das trevas, como um demônio, a lembrança das palavras de Turquinha: "A vida é castigo. Talvez Lucília termine a sua tarefa e seja chamada à desencarnação... Nunca vi ninguém tão só e abandonada...". Depois, inexplicavelmente, vinham as palavras de Lucília: "Ah, você é bem a menina-família... incapaz de suportar sozinha o peso da vida, acostumada a descansar nos outros...".

De manhã, procurou dona Sofia. Resolvera adiar a viagem. Não podia deixar assim a amiga.

— Agora não é mais possível. Já aluguei os quartos, não há mais tempo para avisar as moças.

— Ficarei em qualquer lugar, em outra pensão.

Lucília repousou a manhã toda. A casa estava em silêncio, todos falavam baixo e andavam na ponta dos pés.

À tarde, o doutor Celso veio. As dores melhoraram, e a doente não gemia. Trocou algumas palavras com o médico. Elza entrou. O quarto continuava naquela penumbra macia.

— Posso falar com ela?

— Só um pouquinho. Não deve cansá-la.

Sentou-se junto. Tomou-lhe a mão preguiçosa, amolecida. Levou-a aos lábios.

— Eu vou falar... e você só vai ouvir. Quando eu disser para responder, responda breve. — Afagou-lhe os cabelos. — Má... foi fugir de mim e olhe o que aconteceu... Parece que eu estava pressentindo... Foi passear por aqueles lados da casa... e na volta... — Beijou de novo a mãozinha. — Tanto cuidado me deu... — Uma comoção poderosa invadiu Elza. A garganta fechou-se. "Tão abandonada, é uma coisinha largada, sem resistência...", e de repente falou alto o que procurava esconder de si mesma: — Você fez de propósito, Lucília. Você quis... Eu juro que você quis!

Doutor Celso puxou Elza.

— Que inconveniência!

— Mas eu preciso, eu preciso saber, não vê que eu preciso saber?

Lucília falou, vagarosa:

— Você não sabe... que eu agora peso mais de um lado... que do outro? Escorreguei... caí.

Quis sorrir, não pôde. Apenas teve uma contração dolorosa.

— Eu fico com você, meu bem. Não vou descer agora. Só quando estiver boa... desceremos juntas. Você vai morar comigo.

Lucília começou a chorar. Chorava um pranto manso, sossegado, soluçando baixinho.

— É bom sair, Elza. Não vê o que fez...

— Deixe, doutor Celso... Estou chorando, mas até me sinto melhor. — Virou-se para o canto. Devia estar dormindo... Não, voltou-se, fixou Elza duramente: — Vá embora. Não adianta você ficar. Nem sabe falar... com uma doente. Vá embora. Você não tem jeito, não adianta.

Voltou-se de novo para a parede. Elza saiu, atordoada. Doutor Celso acompanhou-a.

— Não sei por que lhe fiz mal...

— Deve descer. Carinho não faltará a Lucília. Sabe como eu a quero... O tempo agora me sobra... Virei vê-la o mais possível. Desça. Conquistou a saúde... Vá.

À tarde, Lucília teve febre.

Que despedida, aquela! Dona Sofia, dividindo, mal-humorada, o tempo entre os cuidados à doente e o arranjo dos quartos para receber as novas pensionistas. O jantar foi servido rapidamente. Lucília chamou duas vezes dona Sofia, reclamando qualquer coisa. Turquinha presenteou Elza com uma echarpe de crochê.

— É para que não se esqueça da gente.

Disse com aquela maneira tímida, com aquela simpática falta de graça. Flávio não aparecia.

FLORADAS NA SERRA | 195

"Será possível que não venha?"

Não veio. Até muito tarde, reinou apenas a azáfama silenciosa dos preparativos. O quarto que Letícia ocupara já estava pronto. Faltava o seu. Andava pela casa, impaciente, nervosa. Todas as vezes que passava pela porta de Lucília, assaltava-a violentamente o desejo de derrubar aquele muro de incompreensão que parecia separá-las. Hesitou muito. "Está com febre... Tudo que eu disser poderá perturbá-la." Por fim, aquilo foi mais forte que a sua vontade. Abriu devagar a porta e entrou na penumbra verde. Lucília estava dormindo. Com o leve rumor, mexeu na cama e afundou o rosto no travesseiro.

Elza foi deitar-se. As paredes do quarto estavam nuas. Tudo que era dela, tudo que era a sua marca na casa já havia desaparecido. A um canto, empilhava-se a bagagem. Apagou a luz. A noite era escura, mas adivinhou facilmente os pinheiros. Nunca mais, nunca mais, nos momentos de solidão, nos momentos angustiosos, acharia aqueles quatro amigos. Por que se afeiçoara tanto a eles? Porque pusera neles tudo que tinha de bom, porque lançara a eles, seguidamente, noites a fio, aquele eterno desejo de proteção que toda alma humana esconde. Austeros, perfeitos e serenos! Noites e noites passariam com as suas luas diversas a iluminá-los, e alguém, da janela, uma doente, com a alma cheia de distância, talvez os fizesse confidentes. Elza pensou em quem iria substituí-la. E entregou-lhe, antes de deitar-se, o que possuía de melhor.

— Turquinha, chame o doutor Celso, Lucília piorou! Ah, Maria do Carmo, venha cá, vá tirar do forno, depressa, as broinhas para Elza levar. E depois tire a roupa de cama do quarto!

— Adeus, Lucília.

— Eu sabia que você ia embora. Era só fita. Devo estar horrível. Não se lembre de mim assim. Lembre-se... Ai... não posso falar. Quando falo, quando respiro... Ai... doutor Celso, que bom ter chegado!

Lucília teve uma crise de choro. Abraçou o médico soluçando.

— Você não pode ter piorado tanto. Diga, com calma, sinceramente. Sente mesmo essas dores, assim violentas, ou está comovida por causa de Elza?

— Não... É porque dói muito. E deve saber que não posso chorar por causa dela, pois está tão contente! Todos esperam por ela. A mãe, o pai... Sabe que tem um irmão chamado Paulinho? Não vê que essas lágrimas, tudo nela é fingido? Que está morta, está contando os segundos para ir, para livrar-se de nós?

— Acalme-se. Não fale mais.

— Mas o que me acalma é falar... e chorar. Adeus, Elza. Se vir minha irmã, não diga que fui operada. Diga que não foi preciso, que estou muito bem e não quero descer.

Doutor Celso levantou-se. Elza abraçou Lucília.

— Não me beije! Ela quer me beijar, doutor Celso!

Elza beijou-a na testa, nos cabelos e, como quem foge, deixou o quarto. Doutor Celso seguiu-a. Viu que o cumprimentava com uma súbita e invencível timidez. Maria do Carmo levava um lenço aos olhos, enquanto descansava uns segundos as malas no chão.

— Vou com você... — disse Turquinha.

— Boa viagem... E que volte só quando quiser passear — dizia doutor Celso.

"Já teria falado com dona Sofia?" Ainda não. Ei-la que vem da cozinha com uma pequena caixa.

— O seu lanche...

— Ah! Adeus e obrigada...

Pisava em nuvens. Tudo era irreal e *flou* como um mau filme. Turquinha correu pensa e entrou no automóvel.

— Adeus — disse Elza com voz apagada.

Dona Sofia puxou-a para si. Abraçou-a.

— É mais uma filhinha que vai embora... Diga a sua mãe...

"Ai... felizmente dissera."

*

Uma garoa fina cobria a vila. A estação... Meu Deus... Seria possível? Ela ia mesmo embora? Viu-se envolvida num aperto. Ali estavam os companheiros de Capivari. O "chefe da tribo" gritava.

— Um hurra! Um hurra para Elza!

Turquinha desaparecera no meio da confusão.

— Esperem um minuto. Vou ver as bagagens!

"Onde estará Flávio?"

Marcos deu-lhe os parabéns...

— Felicidades... — Era Zizi.

Entrou no vagão.

Flávio ocupava-se das malas.

— Flávio, olhe para mim. Vou-me embora, Flávio!

— Adeus. Desejo-lhe toda a felicidade que uma criatura possa ter.

— Eu volto... Escrevo... Por favor, não me queira mal...

— Está na hora. Seus amigos estão chamando...

— Flávio...

— Mando logo notícias de Lucília...

— Hip, hip, hurra! Bons ventos a levem! — gritou o espirituoso de Capivari.

Elza acenou para fora da janela e, ansiosa, reteve Flávio, que queria sair. Ele beijou-lhe a mão rapidamente e tirou de cima da mala um ramo de flores de macieira.

— Duram pouco, mas são lindas!

O trem apitou. Turquinha, impaciente, dava pequenos gritos. Seu rosto, com vivíssima pintura, se destacava estranhamente na multidão.

Elza não conseguiu localizar Flávio. O trem ia sair. Marcos tomava a sua mão, saltando perto da janela.

O trem estava saindo. Flávio corria junto, olhou-a por uns segundos desesperadamente. Trazia a cabeça descoberta, a chuva caía.

— Cubra-se! — gritou Elza.

"Terá ouvido?" Estacou, foi ficando lá atrás. Sua silhueta, um tanto curva, foi diminuindo, diminuindo, mas era ainda a única coisa que os olhos de Elza viam.

Agora tudo era confuso na chuva e na distância. Como tristes fantasmas, lá longe, aparições de pereiras floridas. Os sanatórios. Paradas. Gente que entrava e gente que descia. E a distância aumentando, aumentando.

Elza tomou o ramo de flores, acariciou com ele o rosto. Algumas pétalas se desprendiam.

Ao compasso, ao monótono balanço do trem, repetiu a voz de Flávio, interminavelmente: "Duram pouco, duram pouco..."; "Egoísta, egoísta", dizia a voz de Lucília, também compassadamente.

A chuva continuava. As janelas estavam fechadas, embaçadas. Elza sentia um zumbido nos ouvidos. A descida da Serra! Entrevia apenas interrupções de claros e de sombras. Vultos imensos...

O tempo melhorou. Alguém abriu a janela. Nas últimas voltas, os últimos instantâneos do mundo que abandonara. As araucárias... As montanhas arredondadas como dorsos de animais.

O trem aproximava-se de Pinda. Corria na planície. Havia sol, muito sol derramado pelos campos verde-claros, salpicados de longe em longe pelo sangue florido de uma suinã.

Elza olhou pela janela, procurava a Serra. Uma cortina sombria, uma nuvem gigantesca a ocultava.

43

Despertou-a um rangido metálico. Dentro da noite, agora, pancadas sonoras diminuíam e aumentavam, sumiam-se em escalas misteriosas. Elza assustou-se. "Meu Deus, que foi que aconteceu?" Repentinamente, cruamente, a lembrança. "Abandonei Flávio e Lucília. Estou aqui maciamente, confortavelmente em minha casa, enquanto Lucília..." As pancadas estalaram novamente, multiplicaram-se rapidíssimas, sumiram. "As carrocinhas de leite correndo sobre as pedras. É madrugada, estou em São Paulo..." Depois, lembranças macias e recentes desceram numa calma neblina.

Dona Matilde acordou-a.

— Anda, filhinha, já são nove horas...

Elza estirou-se na cama fofa.

— Está tão escuro.

Sentou-se.

— Ah, aqui a gente dorme de veneziana fechada...

Dona Matilde abriu a janela, puxou as cortinas. Um jorro de luz entrou, banhando os familiares móveis coloniais e a faceira mesinha de toalete de tecido vistoso e panos rodados.

— Não acredito nessa felicidade...

Os olhos da mãe encheram-se d'água.

— Você aqui de novo, com saúde. Ah, minha filhinha, parece que estou sonhando! E tão bonita... — Riu, cheia de satisfação. — Até arranjou umas bochechinhas... — Beliscou-lhe amorosamente as faces. — Vai comigo agradecer a Santo Antônio essa felicidade.

— Dê-me o penhoar, mamãe. — Elza levantou-se, deu voltas pelo quarto. — Eu também ainda não acredito que estou aqui! — Sobre a mesa florida, um retrato de Osvaldo em moldura prateada. Elza esteve a olhá-lo. — Mamãe, a senhora parece que não fez caso da conversa que tivemos ontem.

Dona Matilde tomou-a pelos ombros, olhando-a com doçura.

— Não, mamãe, tudo não pode voltar a ser como antes. Se soubesse como me sinto... querendo saber notícias deles, sem coragem para saber...

Nesse momento entrou o pai. Tinha a cabeça quase branca, era bastante magro e se trajava quase com apuro; a essa hora já estava barbeado e perfumado.

— Que é isso, Matilde, ela não está contente?

Olhou a filha com certa apreensão.

— Não se aborreça, menina. Olhe que a cura se vai por água abaixo...

Pegou-a pela cintura, fê-la girar como se valsasse.

— Ingrata! Nem está contente! Mas tenho uma surpresa, sabe? Uma surpresa que eu não quis fazer ontem...

Dona Matilde apertou-lhe furtivamente o braço.

— Que tem isso? Por que é que não devo dizer hoje? Já dormiu bastante e descansou da viagem.

— Deixe, mamãe. Que é?

— Isso, só isso: o Osvaldo embarcou!

A voz soou triunfal.

— Ah, quando?

— Embarcou ontem mesmo, menina. Já viu coincidência mais engraçada?

Elza empalideceu. Abriu-se a porta novamente, e Paulinho entrou com a bandeja.

— Chocolate quente para *mademoiselle!* Que cara! Nem me diz bom-dia — disse o rapazinho, colocando a bandeja na mesa. — Então, que é que diz dessa elegância?

— Está uma beleza.

— Isso não é nada. A elegância vai ser no dia do seu casamento... *Garçon d'honneur**, alinhadíssimo. Então não está contente com o irmão? E, além de tudo, espie só isto: primeiro lugar na turma.

— Muito contente, Paulinho. Engraçado, parece que fiquei velha, velha de repente, vendo-o assim como um homem.

— Você está triste, Elza? Que foi que aconteceu?

— Nada, comovida...

— Quer que eu ajude a abrir as bagagens?

Paulinho abriu a mala. Tirou coisas atropeladamente.

— Deixe que eu arrumo, meu filho.

Dona Matilde abaixou-se, tomou uma pilha de roupas, encaminhou-se para o armário.

— Mamãe, não faça isso. Parece... Lembrei-me direitinho do meu quarto lá em Campos, eu caída, sem forças, e a senhora arrumando tudo... Agora eu mesma quero arrumar.

— Olhe, papai, este quadro!

Paulinho elevou-o a certa altura. Depois procurou um móvel, colocou-o em cima e com a mãe e o pai esteve a observá-lo.

— Não se parece em nada.

Olhou a irmã, confusa, sentada na beira da cama.

— Parece uma Nossa Senhora das Dores...

— Não, tem alguma coisa parecida — disse o pai. — Os olhos... a boca... mas que expressão triste! É um bonito quadro, e esse rapaz... como é? Fábio, ah, sim, Flávio, parece ter jeito.

— Dá-me uma aflição... — falou dona Matilde. — Parece-se com Elza, como uma desconhecida pode se parecer com ela... Mas não é ela... Ah! Isso não! E você gosta disso? — perguntou à filha.

— Gosto, mamãe. Gosto muito.

— Então vamos pô-lo aqui... ou na sala...

— Não. Prefiro guardá-lo.

---

* Padrinho.

Paulinho embrulhou e carregou o quadro.

— Quero vestir-me, papai.

Dona Matilde ficou só com a filha.

— Veja as minhas rosas como estão bonitas. Venha ver aqui da janela.

Elza viu-as lá embaixo, no jardim.

— Há tanto tempo cuida delas! Lembra-se, mamãe? Quando eu andava de bicicleta e a senhora gritava "Cuidado com as roseiras!", eu tinha a impressão de que a senhora temia mais por elas do que por mim.

— Agora estamos sozinhas... Abra-se confiante com a sua mãe.

— É tão difícil... Essa espera de Osvaldo... Eu não devo me casar, mamãe. Menti tanto tempo, quase inconscientemente.

— Minha filha, ele sempre soube!

— Como soube?

Disse tremendo, pensando em Flávio. Viu o seu rosto debruçado, sentiu violentamente o perfume das flores que pendiam sobre eles.

— Como podia ignorar? Por que uma pessoa sã há de viver um ano e meio em Campos do Jordão? Ele é bem seu e tão dedicado! Quanto cuidado em você, quanta preocupação. Só eu sei... E só agora que está curada é que eu tenho coragem de dizer. Pedia-me tanto que ocultasse...

Dona Matilde riu um pouco triste, enleada.

— Tanta coisa que eu tenho para contar também, mas qual... Precisaria que tivesse vivido lá comigo para entender. Olhe, mamãe, quando penso em Lucília, tão doente, tão infeliz, parece-me que sou culpada e fugi. É um absurdo... E Flávio... ainda o vejo, esquecido da doença, exposto à chuva, olhando-me com desespero... Eles me chamam, e os outros também. Todos aqueles que conheci e lá ficaram. Essa noite eles me chamaram muitas vezes! Mas não quero ouvi-los, não quero... — Abraçou-se à mãe como alguém que precisa de proteção. — Não quero olhar para trás. Recuperei a saúde, voltei aos meus... Sabe de que me lembrei agora? Quando eu era pequena, tão faminta de histórias que seu repertório se esgotava e a senhora me contava coisas da História Sagrada... Aquele episódio da mulher de Ló... Como me afligia ver a pobre mulher tentada, querendo ver os que morriam, tudo que se acabava para trás. E, castigada, transformada numa estátua de sal... Eles me chamam, mas que será de mim se eu olhar para trás?

Sobre a autora

Dinah Silveira de Queiroz nasceu em 1911, na cidade de São Paulo, em uma família profundamente dedicada às letras: filha de Alarico Silveira, advogado, político e autor da *Enciclopédia Brasileira*; sobrinha de Valdomiro Silveira, um dos fundadores da literatura regional brasileira, e de Agenor Silveira, poeta e filólogo; irmã de Helena Silveira, contista, cronista e romancista, e do embaixador Alarico Silveira Junior; e prima do contista e teatrólogo Miroel Silveira, da novelista Isa Silveira Leal, do tradutor Breno Silveira, do poeta Cid Silveira e do editor Ênio Silveira.

Floradas na Serra é seu primeiro livro. Lançado em 1939, tem como personagem principal Elza, que viaja para Campos do Jordão para tratar-se de tuberculose, doença que na época tinha elevadas taxas de mortalidade no país, e se apaixona por Flávio, também em tratamento. Tornou-se de imediato um *best-seller* — a primeira edição esgotou-se em pouco mais de um mês. Após ser contemplado com o Prêmio António de Alcântara Machado, da Academia Paulista de Letras (1940), foi editado na Argentina e em Portugal. No Brasil, foi adaptado para o cinema em 1954, em filme estrelado por Cacilda Becker e Jardel Filho, e tornou-se um sucesso da cinematografia nacional.

Em 1941, publicou o volume de contos *A sereia verde*. Uma das histórias, intitulada "Pecado", foi traduzida para o inglês por Helen Caldwell e obteve o prêmio de melhor conto latino-americano, escolhido entre cento e cinquenta trabalhos de ficção.

Margarida La Rocque (1949) logo despertou a atenção de editores estrangeiros. A personagem que dá título ao livro confessa sua história a um padre: a trágica profecia que precedeu seu nascimento, a mocidade cercada de cuidados e mimos, o casamento, até chegar ao ponto central da trama — o período em que foi abandonada em uma ilha habitada por animais e seres estranhos. Foi vertido para o francês, com o título de *L'île aux démons* [A ilha dos demônios], e recebeu da escritora Colette o elogio: *"Le meilleur démon de notre enfer!"* [O melhor demônio do nosso inferno]. Foi também lançado na Espanha e no Japão.

Dinah Silveira de Queiroz

Depois de ter sido dado em capítulos na revista *O Cruzeiro,* o romance *A muralha* é publicado integralmente em 1954. O livro, que homenageia a terra onde nasceu, foi outro *best-seller.* Recebeu a Medalha Imperatriz Leopoldina por seus méritos históricos, e, no ano de seu lançamento, a autora foi contemplada com o Prêmio Machado de Assis, da Academia Brasileira de Letras, pelo conjunto de sua obra. *A muralha* foi por várias vezes objeto de adaptação no rádio e na TV brasileiros e lançado em Portugal, no Japão, na Coreia do Sul, na Argentina, na Alemanha e nos Estados Unidos.

A obra de Dinah Silveira de Queiroz abrange romances, crônicas, contos, artigos e dramaturgia — e a ficção científica nacional teve na autora uma pioneira, uma vez que foi das primeiras escritoras a publicar dois livros de contos nesse gênero: *Eles herdarão a terra* (1960) e *Comba Malina* (1969).

Em 1980, Dinah Silveira de Queiroz tornou-se a segunda mulher eleita para a Academia Brasileira de Letras (a primeira havia sido Rachel de Queiroz). Faleceu dois anos depois, em 1982, aos 71 anos.

São também de sua autoria: *As aventuras do homem vegetal* (infantil, 1951), *O oitavo dia* (teatro, 1956), *As noites do Morro do Encanto* (contos, 1957), *Era uma vez uma princesa* (biografia, 1960), *Os invasores* (romance, 1965), *A princesa dos escravos* (biografia, 1966), *Verão dos infiéis* (romance, 1968), *Café da manhã* (crônicas, 1969), *Eu venho (Memorial do Cristo I,* 1974*), Eu, Jesus (Memorial do Cristo II,* 1977*), Baía de espuma* (infantil, 1979) e *Guida, caríssima Guida* (romance, 1981).

Sobre a concepção da capa

Conhecida como *Toile de Jouy*, a estampa que revisitamos surgiu na França, na metade do século XVIII, como alternativa aos *indiennes*, tecidos de algodão que ameaçavam as indústrias da época. Na cidade de Jouy-en-Jousas, o fabricante Christophe-Philippe Oberkampf desenvolveu o sistema de impressão e o estilo característico dos desenhos que retratam vida campestre, cenas burguesas ou marcos históricos com uma impressionante riqueza de detalhes.

Para *Floradas na Serra*, criamos uma estampa inspirada no *Toile de Jouy*. Elza, Letícia, Lucília e Belinha, na varanda com cobertores sobre as pernas, representam os pacientes dos sanatórios que descansavam ao ar livre em busca da cura pelo clima, na época em que a tuberculose era uma sentença de isolamento.

O xarope de arnica e outros frascos na cômoda simbolizam a longa batalha contra a enfermidade, que, no auge da epidemia, não contava com medicamentos comprovadamente eficazes. A figura do pulmão representa as cirurgias dolorosas, nas quais, em casos graves, extraíam-se algumas costelas.

Mas a beleza da paisagem da Serra era como um bálsamo para as pessoas que sofriam tanto com a infecção quanto com o preconceito. A revoada de pássaros nos lembra de que há esperança além da gaiola da doença.